Ein Bauer auf Kur
und andere Kurzgeschichten

Berenkamp

Sepp Kahn

Ein Bauer auf Kur

und andere Kurzgeschichten

2., erweiterte Auflage

Berenkamp

Berenkamp

Berenkamp Buch- und Kunstverlag
Wattens–Wien
www.berenkamp-verlag.at
ISBN 978-3-85093-328-5

2., erweiterte Auflage Jänner 2015
1. Auflage November 2014

Bibliographische Information der Deutschen Bibliothek

Die Deutsche Bibliothek verzeichnet diese Publikation in der Deutschen Nationalbibliographie; detaillierte bibliographische Daten sind im Internet über http://dnb.ddb.de abrufbar.

Gedruckt mit freundlicher Unterstützung des Amtes der Tiroler Landesregierung, Abteilung Kultur

tirol Kultur

Inhaltsverzeichnis

Ein Bauer auf Kur

und andere
Kurzgeschichten

Vorausgeschickt

Geschätzter Leser, liebe Leserin!

Sie halten ein kleines Buch in Ihren Händen, das Sie noch nachhaltig beschäftigen wird. Sind Sie katholisch erzogen worden, so werden Sie mir in vielen Passagen beipflichten können, sind Sie freizügig in Ihrem Denken und Handeln, wird Sie das Geschriebene allerdings weit weniger erschüttern. Schon vor hunderten, ja gar tausenden Jahren haben Päpste Kuranstalten „Häuser der Sünde" genannt. Ich darf gestehen, dass ich das – im Nachhinein – verstehen kann: Denn ich bin im letzten Frühjahr auch „auf Kur" gewesen und habe kleine Einblicke in die Abläufe und Geschehnisse in einem solchen Haus hautnah miterlebt. Nicht die Ärzte, die Masseure, die Therapeuten oder die anderen will ich vor den Vorhang holen – die mühen sich redlich und sind rund um die Uhr für dein Wohl im Einsatz. Ich werde berichten von dem, was hinter den Kulissen abläuft. Was ist der Mensch doch für ein schwaches Wesen! Der kleinste Reiz genügt, und er stürzt sich blindlings ins Verderben!

Den Großteil des Gesehenen habe ich gar nicht schreiben können, gar nicht schreiben wollen. Vieles hat sich in meinem Kopf festgesetzt, wird bis ans Lebensende in mir bleiben. Zum Beispiel wie dieser bei uns hochangesehene Mann mit dieser …! Oder wie diese hochanständige Dame im vorgerückten Alter … einfach geschmacklos!

Einmal bin ich zufällig mit der rechten Tischnachbarin in einem Café bei Kaffee und Kuchen zu sitzen gekommen. Da hat die plötzlich angefangen, mir ihren Lebenslauf zu erzählen. Sofort haben bei mir die Alarmglocken geschrillt, ich habe ausgetrunken, bezahlt und bin gegangen – nein, aufgesprungen bin ich und das Weite hab' ich gesucht! Leider hat sich nicht jeder selbst so im Griff! Sie werden es lesen – und womöglich erschüttert sein.

Allerdings – anderes, zum Schmunzeln oder Nachdenken, steht auch viel drin in diesem Buch.

Ich wünsche Ihnen viel Vergnügen beim Lesen

Sepp Kahn
Im Sommer 2014

Ein Bauer auf Kur

Die Verschreibung

Der Doktor hat's empfohlen. Und was der Doktor sagt, das tu' ich. Meistens jedenfalls. Aber dass er einen Bauern wie mich auf Kur schickt, ist eine Herausforderung für alle Beteiligten. „Es wird Dir gut tun und Deinem Stützapparat", hat er gemeint. „Stützapparat" hat er gesagt. Wo soll ich einen Stützapparat haben, und was könnt' ich anfangen damit? Seither frage ich mich immer wieder, was mir guttun wird. Und warum. Dann fällt mir noch etwas Schwerwiegendes ein. Was ist, wenn mir am Stützapparat, von dem ich gar nicht weiß, dass ich ihn habe, überhaupt nichts fehlt? Es könnte ja sein, dass es am Kopf liegt! Vielleicht stehe ich krumm, gehe ich schief oder gebeugt, vielleicht ist mein Schritt schlurfend, sind die Schultern hängend?

Das muss ich mir jetzt direkt anschauen! Ich gehe ins Schlafzimmer. Dort haben wir einen Spiegel, der dich von oben bis unten zeigt – wenn man davorsteht. Und tatsächlich: Die linke Schulter hängt ein bisschen nach unten. Oder drücke ich die rechte abnormal in die Höhe?

Dann die Seitenansicht …

In dem Moment passiert es: Mena kommt ins Zimmer. Zuerst schaut sie nur verblüfft …

„Ich bin nur dabei …", versuche ich zu erklären, finde aber keine weiteren Worte.

„Du brauchst tatsächlich eine Kur, mein Guter", sagt sie bestimmt, macht in der Tür kehrt und geht wieder. Ich fühle mich elend. Ihr mitleidiger Blick, der hat mich tief getroffen; der hat so viel ausgesagt. Sie glaubt wohl, es fehle mir nicht nur im Kreuz, sondern auch noch im Kopf.

Warum muss Mena auch genau in dem Moment ins Zimmer kommen?

Fünf Sekunden später hätte ich die Inaugenscheinnahme meiner Statur beendet gehabt. Aber was soll's? Ich kann es nicht mehr ändern. Mena, das ist übrigens das gleiche wie Philomena, nur eben ohne Philo. Die Mena, das ist die Meine. Das ist nicht abwertend gemeint, es ist nur so. Ich hätte es auch gleich sagen können, dass ich schon über dreißig Jahre in der Regel Mena zu ihr sage. Als Mena hab' ich sie auch kennengelernt, das Philo davor steht nur in ihren Papieren. Das hat sie mir erst später gebeichtet.

Die Anreise

Obwohl wir den Traktor und den Anhänger daheim gelassen haben und mit dem Auto gefahren sind, hat die Anreise zur Kur länger gedauert, als Mena gemeint hat. Mich hat es die ganze Fahrt gewundert, dass wir alles untergebracht haben. Ich habe für meine Sachen ja nur die drei Reisekoffer, unsere zwei Reisetaschen und den großen Almrucksack gebraucht und für die Bergschuhe und die anderen Schuhe zwei Plastiksäcke vom M-Preis. Mena aber hat Sachen und Zeug mitgenommen, als ob sie einen Flohmarkt besuchen wollte. Knapp ist es sich ausgegangen, dass ich das, was ich nicht in meinen Gepäckstücken untergebracht hab', in ihren Damenkoffer derpackt hab'; sehr knapp ist das geworden. Erst als wir uns beide auf ihren Koffer gestellt haben, hat unser Ältester das Schloss zugebracht.

Dann sind wir losgefahren. Zwei Stunden ist mir der Koffer von ihr bei jedem Bremser ins Genick gerutscht. Wozu sie diesen alten Koffer überhaupt mitgenommen hat? Ganze zwei Stunden bin ich in Angst vor dem nächsten Genickschlag gefahren – zwei Stunden und sechzehn Minuten! Mit dem Auto. Wir hätten auch mit dem Zug fahren können. Der hält allerdings – noch – nicht vor unserem Haus, das Auto schon. Richtung Wien haben wir zuerst eingeschlagen, sind zuletzt dann aber nach rechts abgebogen. Vor dieser letzten Abzweigung hab' ich ein bisschen Angst gehabt, ob ich wohl die richtige „derwische". Als es aber so weit gewesen ist, hat Philomena gesagt: „Passt, fahr' hinein da".

Philomena, das ist, wie schon gesagt, meine Frau, zu der ich nur Mena sage. Sie hat die Wegstrecke genau ausgekundschaftet. Es gibt da Hilfsmittel.

Nach zwei Stunden und sechzehn Minuten sind wir also da. „Das ist also diese Anstalt", staunt Mena. Auch ich staune, zeige es aber nicht. „Gewaltig, da müssen ja ein paar hundert Leute Platz haben", bemerke ich nur.

„Gibt es überhaupt so viele Kranke? Das Haus soll ja das ganze Jahr voll sein, wird behauptet", denkt Mena laut.

„Mena, wer sagt denn, dass nur Kranke da sind? Schau uns an, sind wir krank?" Sie erschrickt fast. „Wir können aufrecht gehen, stehen, sitzen, liegen … Auto fahren."

„Aber unser Kreuz", wirft sie ein.

Ja, das mit dem Kreuz, das stimmt allerdings, deswegen sind wir ja hier.

Wir beginnen, das Auto auszupacken. Was eine Frau nur so alles einpacken und mitnehmen kann?! Drei normale und ein Damenkoffer, zwei Reisetaschen, ein Rucksack und zwei Plastiksäcke stellen wir hinters Auto. Und eine Handtasche.

Soll ich noch einmal fragen, ob wir das schon alles brauchen? Nein, besser nicht. Diese Frage hat uns daheim schon an den Rand eines Streits gebracht. „Wir bleiben ja drei Wochen“, hat sie betont, „aber ihr Männer versteht das nicht.“

Zwei Mal sind wir vor unserer Abreise in der nahen Stadt einkaufen gewesen. Bei uns gibt es nur einen kleinen Bäckerladen mit angeschlossenem Café. Dort verkaufen sie solche Sachen nicht, haben sie nicht einmal lagernd. Deshalb haben wir in die Stadt fahren müssen. Zwei Jogginghosen, vier Leibchen und zwei Bademäntel haben wir damals begutachtet, als sich die Verkäuferin uns genähert hat. Was dann geschehen ist, kann ich bis heute nicht begreifen. Nur einen Satz hat die Verkäuferin von sich gegeben, nur eine einzige Bemerkung und trotzdem … Diese Bemerkung lässt mich noch immer staunen über die weibliche Gabe zu kombinieren. Sagt sie doch: „Aha, geht ihr auf Kur?!“

Kann man aus der Tatsache, nur weil wir nach Jogginghosen und Bademänteln Ausschau gehalten haben, tatsächlich schließen, dass wir auf Kur gehen? Sie hat es können! Oder schaut man mit zweiundsechzig schon so desolat aus, dass andere zu denken beginnen, der bräuchte eine Kur? Daheim hab' ich mich dann im Spiegel lange und eingehend begutachtet, zuletzt jedoch nichts Auffälliges entdeckt. Ja, die Haare werden langsam weiß, die zwei Falten von der Nase hinauf zur Stirn tiefer – aber ist so etwas nicht normal?

Ankunft

Erst jetzt sehen wir die Auffahrtsrampe, bei der die Ankommenden aussteigen und das Gepäck ausladen. Wir aber schleppen den ersten Teil unserer schweren Sachen über hundert Meter weit zum Haus. Ich bin Mena dabei behilflich. Für die übrigen Sachen, überleg' ich mir, werd' ich doch näher zum Haus fahren. Beim nächsten Schritt öffnet sich plötzlich die große gläserne Eingangstür. Sie müssen uns also schon bemerkt haben. „Die geht automatisch auf", sagt Mena wissend. Leicht verunsichert betrete ich hinter ihr den riesigen Raum. Weiter hinten führt eine breite Stiege nach oben und eine zweite nach unten.

Was uns wohl erwartet hier?

„Stell die Taschen hin, wir müssen uns anmelden." Mena weiß immer, was zu tun ist. Manchmal bin ich richtig froh, dass ich Mena habe.

Nach der Anmeldung, bei der uns ein junges freundliches Fräulein alles Weitere erklärt und die Hausordnung in die Hand gedrückt hat, bewegen wir unsere schweren Taschen und uns selbst in den zweiten Stock. „Nimmst du diese zwei Taschen? Pass auf, die da ist ein bisschen schwer." Das ist sie tatsächlich, ich muss auf halber Strecke den Arm wechseln.

„Zweihundertvier, da ist es, da muss unser Schlüssel passen."

„Ist es nicht zweihundertvierzehn?", werfe ich ein.

„Das werden wir gleich sehen", sagt Mena siegessicher – und schon geht die Tür auf. Dann stehen wir im Vorraum. Mühsam zwar, aber es geht.

Auslese

Der helle und freundliche, mit Sitzlandschaften bequem ausgestattete Eingangsbereich des Kurhauses lädt die Kurgäste zum Sitzen und Verweilen ein. Den tieferen Sinn dieses Angebots habe ich allerdings erst kurz vor Ende unseres dreiwöchigen Aufenthalts begriffen: Das ist nicht nur ein Treffpunkt für alle, sondern gleichzeitig ein Beobachtungsposten! Von dort aus sieht man nämlich jeden Neuankömmling, auch den Großteil des Parkplatzes kann man gut überblicken.

Ich Ahnungsloser habe mich immer gewundert, warum vor allem Frauen dort sitzen. Jetzt weiß ich es: Sie taxieren die Beute, treffen eine erste Auslese. Sie gehen dabei wahrscheinlich – nein, sicher gehen sie dabei nach einem bestimmten Schema vor, das sich bewährt hat.

Wenn einer mit dem Auto kommt, wird auf die Fahrzeugmarke geschaut. Fährt er einen gebrauchten Dacia oder einen neuen Mercedes? Letzteres ist von Vorteil. Entsteigt er aber gar dem hauseigenen Kleinbus, dann ist er vom Bahnhof abgeholt worden, also mit dem Zug gekommen, ein armer Schlucker eben mit nicht wirklichen Chancen; nicht einmal als Sternschnuppe taugt ein solcher.

Gleich werden auch andere wesentliche Fragen beantwortet. Ist eine Frau dabei? Eine Nachbarin? Freundin? Oder gar die Gattin? Bleibt sie etwa auch? Oder hat sie ihn nur begleitet, damit sie wenigstens diesmal weiß, wo er sich herumtreibt? Wie innig verabschiedet er sich von ihr beziehungsweise sie sich von ihm? Wer schleppt das Gepäck, wer hat also die Hosen an?

Hat er auffallend viel oder auffallend wenig Gepäck mit? Hat er einen oder zwei oder gar mehr Koffer? Zwei Koffer lassen auf ausgeprägte Sauberkeit schließen. So einer wechselt oft die Wäsche und braucht deshalb einen entsprechenden Vorrat.

Hat er einen Koffer und einen Rucksack? Dann ist er Bergbauer. Vorsicht bei den von den Bergen Heruntergekommenen! Hat er aber einen Koffer und eine Aktentasche? Dann ist er Beamter.

Hat er einen aufrechten Gang oder sieht man ihm an, dass er sein bisheriges Leben schuften hat müssen und immer noch unterdrückt wird? Fährt er mit dem Lift oder nimmt er die Stiege, und kommt er dabei womöglich ins Schnaufen? Dann ist er ein Raucher auch noch!

Niemand kann in eine Frau hineinschauen. Ich glaube aber, dass ich mit meiner Einschätzung nicht weit daneben liege. Ich kann die tägliche Auslese, die in der Eingangshalle getroffen wird, sogar verstehen. Warum soll eine Frau ihren Charme und ihre Raffinesse vergeuden, wenn es bei einem von vornherein aussichtslos ist? Oder wenn es sich erst gar nicht lohnt, sich einen müden Fisch zu angeln? Das hat man daheim ja ohnedies.

Wenn es bei mir auch nur drei Wochen im Kurhaus sein werden, ich habe jetzt schon das Gefühl, dass ich um Jahre reifer sein werde, wenn die drei Kurwochen um sind; dann werde ich auch den Lauf der Welt und deren Untergang besser verstehen können.

Erstuntersuchung

Gleich am Anfang – ich habe das Haus noch gar nicht richtig kennengelernt – muss man zur Erstuntersuchung. Das Erste, was man dabei lernt, ist Geduld. Sie haben uns die genaue Uhrzeit gesagt, zu der wir uns vor dem Untersuchungszimmer einzufinden haben. Ich gehe etwas früher hin, weil ich nicht schon am ersten Tag auffallen will. Es vergeht nicht ganz eine Stunde, die ich dann dort unnütz herumstehe; aufrufen tut mich nämlich niemand. Anschließend setz' ich mich auf einen Stuhl – wie die anderen sieben auch, die auch zuerst herumgestanden sind. Nach einer weiteren Dreiviertelstunde werde ich dann aufgerufen. Eine dem Aussehen nach sehr erfahrene Ärztin begrüßt mich freundlich und untersucht mich dann gründlich. Ich bin richtig erleichtert, dass die Untersuchung vor allem aus Fragen besteht und sie sich nicht alles genau anschauen will.

Nach der ersten Untersuchung werden viele von uns noch einmal vergattert. Um sieben Uhr früh müssen wir uns nüchtern, also vor dem Frühstück, aufstellen. Dann zieht uns ein Doktor – es ist diesmal ein junger – ein paar Tropfen Blut aus dem Arm und zwingt uns, rasch einen Liter Zuckerwasser zu trinken! Danach heißt es zwei Stunden warten. Sitzen, nicht weggehen, nicht anstrengen, einfach warten. Ich hab' schon von der Erstuntersuchung her gewusst, wie lange zwei Stunden sein können. Zwei Stunden sind lang, sehr lang. Und das vor dem Frühstück! Danach wird uns wieder Blut abgezapft. Zu hohe Blutzuckerwerte, argwöhnt der Doktor. Nach der Behandlung mit dem Zuckerwasser passt aber alles wieder. Das Frühstück schmeckt mir und den anderen nach dieser Warterei besonders. Gut ist es immer, behaupten die schon länger Kurenden. Kaffee, so viel man will; dazu dürfen wir uns auf verschiedene Brote und Brötchen streichen oder legen, was immer und wie viel immer wir möchten: Butter, Streichwurst, Marmelade, Honig, Käse, Wurst, Tomaten, getrocknete Pflaumen, Joghurt, Paprikaringe, Frischkäse. Und am Sonntag wird es dazu auch Kuchen geben! Zum Mitnehmen gibt es Orangen, Bananen und Kiwis.

Zu Mittag geht es uns dann genauso gut! Wer zwei Krücken vorweisen kann, dem wird alles sogar an den Tisch gebracht – mit einem freundlichen Lächeln.

Haben wir das alles überhaupt verdient?

„Wir haben unser Lebtag lang Beiträge gezahlt, und das nicht wenig!“ Mena. Dann wird es schon so sein.

Der Zimmernachbar

Heute regnet es ein bisschen. Draußen. Als erstes steht auf meinem Plan: „Thermalbad – EG“. EG, das heißt Erdgeschoss. Das zweite ist dann „WS-Gruppe, Gymnastiksaal/Keller“. WS heißt Wirbelsäule, zuerst hab' ich auf Wintersport getippt. Aber es ist wirklich Wirbelsäule.

Ersteres zählt zu den angenehmeren Therapien, Zweiteres weniger, weil Gymnastik etwas ist, wovon der Bauer grundsätzlich nur wenig Ahnung hat. Und was der Bauer nicht kennt, …

Die schönen Stunden haben wir, wenn wir untertags überhaupt welche haben, am späteren Nachmittag, wenn wir vom Kaffeetrinken zurück oder gar nicht gegangen sind. Da lesen oder schreiben wir etwas oder legen uns einfach hin. Jeder für sich, ohne irgendeine Absicht. Heute geht das, früher wäre uns meistens noch etwas anderes eingefallen dabei. Radio hören kann man auch, fernsehen nur im Fernsehraum. Im ersten Stock sieht man das zweite Programm, im zweiten das erste. Ob sie sich da nur vertan haben oder Absicht dahinter steckt, darüber will ich gar nicht nachdenken. Der Fernseher ist gewöhnlich sehr laut eingestellt, weil alte Leute meistens schlecht sehen und hören.

Bald nach dem Abendessen gehen wir meistens aufs Zimmer, weil wir manchmal müde, hin und wieder sehr müde sind, aber eigentlich immer müde.

Manch einer hat einen guten Schlaf, der andere einen gesunden, ich einen leichten. Jedes Mal, wenn ich die Blase erleichtern muss – das ist meistens einmal pro Nacht – werde ich davor munter; was so auch gut ist.

Manchmal weckt mich allerdings auch unser Zimmernachbar. Der jenseits der rechten Zimmerwand.

Gut geraten! Ja, es stimmt, er schnarcht! Das tun diese Menschen aber nicht absichtlich; sie haben nicht den bösen Willen, mit ihrer Sägerei andere zu wecken oder zu ärgern. Viele Schnarcher wissen gar nicht, dass sie sogar schlafend andere belästigen. Auch Mena hat mir – allerdings daheim, auf der Kur noch nicht – schon öfter in leicht vorwurfsvollem Ton gesagt: „Du schnarchst!“ Als ob ich etwas dafür könnte. Ich bin mir nicht sicher, ob das auch stimmt. Vielleicht schnarche ich gar nicht und sie will sich rächen, weil ich sie am Vorabend, natürlich unabsichtlich, etwas geärgert habe. Ich weiß, wovon ich rede. Deshalb trommle ich auch nicht an die Wand, wenn der von drüben seine Baumsäge startet.

Eine Gemeinheit ist es aber schon, wenn sie einem einen solchen ins Nebenzimmer legen!

Der verunfallte Jungbauer

Ein Jungbauer – um die dreißig Jahre alt – ist auch auf Kur. Insgesamt einer von der unscheinbaren Sorte. Mir ist er erst nach Tagen aufgefallen – durch seinen müden Gang. Also hab' ich ihn gefragt, warum er überhaupt auf Kur ist? Lokführer sei er, hat er gesagt, und wenn er nicht Dienst habe, sei daheim genug zu tun. Seine Frau hat einen großen Saustall daheim, und drei Kinder haben sie auch. Da sei er eben einmal auf eine Leiter gestiegen, um höher oben etwas zu richten; plötzlich sei die Leiter unten weggerutscht, was bewirkt habe, dass er aus großer Höhe stehend heruntergefallen und sich an beiden Fersen den Knochen gebrochen habe – was übrigens eine sehr schmerzhafte und langwierige Sache sei. Hinzugekommen sei dann noch, hat er betont, dass seine Frau just zu diesem Zeitpunkt bei den Sauen gearbeitet und seinen Sturz nicht gehört habe. Also sei es die Nachbarin gewesen, die ihm als Erste wieder auf die Beine helfen habe wollen – ein Unterfangen, das seine Schmerzen allerdings keineswegs gelindert, sondern ganz im Gegenteil in fast unerträglicher Weise verstärkt habe.

Der Mann hätte wohl noch weitererzählt, ich aber habe den armen Teufel auf ein Bier eingeladen – was er mit einem müden „Sonst trink' ich ja nichts" gern angenommen hat. Daraufhin sind wir über die Brücke zum Gasthof gegangen, ich normal, er mit müden Schritten. Er werde aber wieder ganz der Alte werden, hat er behauptet.

Ich wünsche es ihm!

Ein anderer Bauer, auch aus dem Tiroler Land, hat mir heute nach ersten belanglosen Gesprächen geschildert, warum er hier ist und seinen Plan zur Genesung verraten. Auf Kur sei er, weil er im vergangenen Herbst ein neues Hüftgelenk bekommen habe – und weil so etwas ja kein kleiner Schnupfen sei, habe ihm sein Hausarzt und auch andere dringend geraten, eine Kur in Anspruch zu nehmen. Diese sei ihm auch gleich bewilligt worden. Daheim müssten sie nun halt schauen, wie sie allein mit den Rindviechern zurechtkommen würden. Als Therapie hätten sie ihm – neben anderen Übungen – verordnet, jeden Tag eine bestimmte Mindeststrecke zu gehen. Fürs Erste einmal um die fünfhundert Meter. Und nun kommt der Gipfel: Er habe, hat er mir verraten, schon am ersten Tag herausgefunden, dass es bis zum Brückenwirt genau zweihundertfünfzig Meter sind, und zurück ebenso. Jetzt gehe er also jeden Tag zum Wirt – als Therapie!

Ich vermute stark: Der Mann hat wahrscheinlich früher schon gern getrunken!

Typen

Auf der Kur muss man eine Woche im Voraus entscheiden, was man sieben Tage später essen möchte. Zwischen drei, manchmal sogar vier angebotenen Menüs kann man wählen. Das hat mir meine Mena daheim noch nie geboten. Außerdem kann ich mit vielen der angebotenen Speisen nichts anfangen, weil ich nicht weiß, was sich hinter ihren oft seltsamen Namen verbirgt.

Das Essen im Kurhaus ist dann jedes Mal eine Überraschung für mich, weil ich nach einer Woche nicht mehr weiß, was ich vor sieben Tagen angekreuzt habe. Die Leiterin des Hauses hat mir, als ich sie danach gefragt habe, erklärt, dass heutzutage die Wahl aus drei, vier Menüs Standard sei; andere Häuser würden das auch machen. Wir essen zu Hause ein Menü, und das ist nicht immer ein vollständiges. Trotzdem haben wir geglaubt, nicht schlecht zu leben. Wenn ich morgen lesen sollte, dass die Kuranstalt in den Konkurs geschlittert ist, tät' mich das nicht wirklich wundern!

Unsere Tisch... – sagt man da Tischnachbarn, wenn sie bei uns am selben Tisch sitzen? Jedenfalls sind es nette Leute. Der Tisch ist ein viereckiger, also haben auch vier Personen Platz. Da sind Mena und ich, der Osttiroler mit seiner Abneigung gegen den Zug und ein Steirer, auch ein interessanter Mann. Er ist ein wenig jünger, hat es aber mit den Bandscheiben. Oder fehlt es ihm im Kreuz? Nein, Bandscheiben, glaube ich, hat er gesagt. Womöglich hängt bei ihm alles zusammen. Der ist mit dem Zug gekommen, und sitzt nun neben dem Osttiroler. Trotzdem verstehen sie sich gut, auch mit uns. Nicht alle Leute kriegen das Gleiche und gleich viel zu essen. Eine junge Frau mit Brille hat das festgelegt, als sie uns vor der Erstuntersuchung gewogen und abgemessen hat. Ja, ja, wer daheim gesündigt hat, muss nun büßen! Beim Essen, meine ich. Frauen versuchen allerdings, sich darauf hinauszureden, dass sie ganz von selbst, ganz ohne ihr Zutun, mit der Zeit etwas fülliger werden. Aber die Kleine, die mit der Brille, ist hart geblieben.

Ein paar komische Zeitgenossen sind auch da. Wie der, der zu jeder Anwendung, zum Beispiel zur Massage, zur Physiotherapie, zum Blutabnehmen, zur Zwischenuntersuchung oder ähnlichem eine große Mappe und ein Buch mitnimmt. Immer! Wer annimmt, dass er darin lesen würde, liegt daneben. Noch niemand – es haben ihn auch andere beobachtet –, noch niemand hat ihn etwas lesen sehen. Ist das nicht verdächtig? Er sitzt einfach da – manchmal muss man ja warten – liest aber nichts. Er muss ja nichts lesen, aber wenn er schon nichts lesen will, warum nimmt er dann eine Mappe und ein Buch mit? Wir nehmen nur den Therapieplan mit, den man mitnehmen muss – und selbst den vergisst man gelegentlich. Womöglich will uns der nur imponieren. Wenn er vorbeigeht, denkt man im ersten Moment: ein Studierter! Vielleicht ist es das, was er erreichen will. Dass man einen, wenn auch nur kurzen Moment, zu ihm aufschaut. Nun, da er von uns durchschaut ist, bewirkt sein Verhalten bei uns nur mehr ein müdes, mitleidiges Lächeln. Oder hat er tatsächlich ein hohes Amt bekleidet, hat wichtige Akten und Papiere ausgestellt und dabei selbst gelegentlich in einem dicken Buch nachschlagen müssen? Und das ganze ist ihm als Gewohnheit hängen geblieben? Er redet auch nicht. Ein kurzes Nicken mit dem Kopf als Begrüßung ist das Höchste, das er uns entgegenbringt. Ein gutmütiger Spinner, haben Mena, aber auch andere gesagt, als er einmal weit genug weg gewesen ist.

Noch einer benimmt sich verdächtig: Er trägt immer Krawatte – beim Essen, nachmittags und abends. Unter fünfunddreißig trägt einer eine Krawatte! Haben wir zuerst geglaubt, er sei ein „Besserer" und habe sich nur verirrt zu uns, so hat sich das Ganze anders herausgestellt. Er gehört scheinbar schon hierher, will aber auffallen. Aber er redet nichts. Beim Unterwasserturnen, der einen schönen Stunde nach dem Thermalbad, ist er gestern dabeigewesen – allerdings ohne Krawatte! Danach legt man sich dreißig Minuten, nur mit dem Bademantel bekleidet, aufs Bett und tut sonst nichts. Dadurch entfaltet das Radon, das im Thermalwasser enthalten ist und das man nach dem Entsteigen aus der Wanne nicht abtrocknen soll, seine heilende Wirkung.

Der Steirer und der Osttiroler

Gestern hatten der Steirer und der Osttrioler eine interessante Debatte. Ähnliche Gespräche gibt es sicher an vielen Tischen. Es könnten also auch ein Burgenländer und ein Vorarlberger so debattieren.

Der Steirer: „Was sagst du dann daheim zu deiner Frau, wie die Kur gewesen ist?"

Der Osttiroler: „Ja, ich werde …" Er schluckt einmal hinunter – wir sind gerade beim Essen.

„Dir hat es doch gefallen – oder?"

„Ja, gefallen hat es mir schon, aber …"

Beide kommen ins Sinnieren.

Der Osttiroler: „Man muss ein bisschen überlegen, was man sagt."

Der Steirer: „Du hast recht. Kommt man ins Schwärmen, will die Frau auch gleich auf Kur, und man ist allein daheim mit der ganzen Arbeit."

Der Osttiroler: „So ist es. Es ist wohl besser, man sagt nicht zu viel."

„Ihr wartet einfach ab, welche Fragen auf euch zukommen", werfe ich ein. Menas Blick signalisiert: „Halt dich da raus!"

Der Steirer: „Wenn man aber gar nichts sagt …"

Der Osttiroler: „… klingt es auch verdächtig."

Beide essen weiter und lassen die Sache vorläufig offen. Etwas ganz Großes wird keiner der beiden angestellt haben, deshalb lassen sie das Begrüßungsgespräch daheim einfach auf sich zukommen. Obwohl, der Osttiroler ist oft „tanzen" gewesen!

Zwischen uns Vieren am Tisch herrscht eine angenehme, direkt schon freundschaftliche Stimmung. Zwischen Mena und mir herrscht sie bekanntermaßen schon länger. Abends liest oder stickt Mena gewöhnlich an einem schönen Tischtuch, ich gehe ein Weilchen fernsehen, Karten spielen oder lese etwas. Ruhig und friedlich klingt so ein Tag aus, und leise schleicht die Nacht heran. Nur noch ein paar Tage, dann werden sie uns wieder entlassen in die endlosen Weiten Österreichs.

Wink von oben

Einmal bin ich am Abend mit ein paar anderen hinüber zum „Schlazinger" gegangen – das ist ein Tanzlokal, wo sie noch alte Platten auflegen und die Leute dazu tanzen lassen. Anfangs hab' ich fast lachen müssen, wie sich alte Leute hineingesteigert und Verrenkungen vollführt haben und danach schweißgebadet zu den Tischen und Getränken zurückgewankt sind. Schließlich hab' ich dann auch getanzt – mit Inge. Nach anfänglichen Reibereien auf den Zehen des anderen, sind wir ganz gut in Schwung gekommen. Genau in dem Moment, als bei Inge alles zu wogen begonnen hat, ist mir in die rechte, lädierte Schulter ein fürchterlicher Schmerz eingeschossen, sodass ich den Tanz augenblicklich habe abbrechen müssen, was Inge natürlich nicht verstanden und mit boshaften Blicken und hässlichen Äußerungen quittiert hat. Im Nachhinein habe ich Gott für diesen Schmerz gedankt, denn wer weiß ...! Noch heute bin ich ihm dankbar dafür! Wenn der Tiger in mir einmal geweckt ist, ist er nur mehr sehr schwer zu bremsen. In manchen, habe ich gesehen, bevor ich gegangen bin, ist ein ganzer Zoo ausgebrochen!

Für solche Fälle haben sie in der Kuranstalt vorausschauend den richtigen Raum geschaffen. Der allerdings nicht oft genutzt wird. Eine kleine Kapelle ist unten im Keller. Was mich zuerst sehr gewundert, dann aber fasziniert hat. Dadurch haben sie sich den Kirchturm erspart! Ein Turm, mitten durchs Haus hinauf, wäre wohl als Behinderung angesehen und gar nicht genehmigt worden. Ein kluger und vorausschauender Schachzug des Architekten.

Im siebten Himmel

Nun sind wir bereits einige Zeit da. In der sich eine für uns ganz neue Welt aufgetan hat. Wir werden untersucht, massiert, gebadet – und das manchmal sogar mehrmals am Tag.

Wir schweben im siebten Himmel, Mena vielleicht im sechsten – sie ist da etwas zurückhaltender. Keine Kuh, kein Kalb, keine Ziege, kein Schwein brauchen wir zu betreuen, nur uns selbst können und dürfen wir uns widmen. Mena stickt und liest dazwischen, ich lese sowieso viel und gern. Auch Bücher, Krimis und die Bauernzeitung. Und zwischen oder nach einer solchen Zwischenpause, gehen wir Kaffee trinken. Da müssen wir außer Haus. Das ist das Einzige, was man den Kurverantwortlichen ankreiden könnte. Wahrscheinlich haben sie in dem Raum im Keller, in dem das Café eingerichtet werden sollte, eine Kapelle gemacht. Jetzt muss man sich den Kaffee, das Limo oder Wasser auf dem Gang davor aus einem Automaten herausdrücken. Kuchen werden keine angeboten; solche Automaten sind noch nicht erfunden. Oder gibt es sie vielleicht schon? Bei uns im Haus jedenfalls nicht, die Erfindung hat sich noch nicht durchgesprochen bis in die Direktion. Es kann aber auch sein, dass die umliegenden Kaffeehäuser den Chef unseres Hauses „geschmiert“ haben, und es deshalb keinen Kuchen gibt. Mena ist das kuchenlose Freizeitprogramm im Haus sogar lieber, sie haben ihr nämlich stark ins Gewissen geredet, abzunehmen. Und da kann meine Mena – und das weiß ich nur zu genau – sehr empfindlich sein.

Noch etwas hab' ich schon nach wenigen Tagen festgestellt: Bei den „Unter-Wasser-Therapien“ darf man den Kopf heraußen, also über Wasser lassen. Bei einer gewissen anderen Therapie knetet mich immer eine fesche Frau. Mena sage ich das nicht, sonst passt es ihr womöglich nicht.

„Daheim ist alles in Ordnung“, sagt sie heute. „Auch ‚Enzian' hat endlich gekalbt.“

„Was ist es?“

„Wieder ein Stier.“

„Naja. Ist sonst alles gut gegangen?“

„Ja.“

„Woher weißt du das alles?“

„Angerufen hab' ich.“ Das ist deshalb gegangen, weil wir das Handy mitgenommen haben.

„Was gibt es sonst Neues?“

„Nichts.“ Nach einem Weilchen fügt sie aber doch noch hinzu: „Die Katze ist wieder weg.“

„Welche Katze?“

„Ja, unsere Katze halt. Du weißt doch, die Manuela und der Simon haben sie von der Tochter des Nachbarn geschenkt gekriegt.“ Ja, jetzt – weil sie es sagt – erinnere ich mich wieder. Manuela und Simon sind unsere Enkelkinder. Wir haben aber noch mehr davon. Von den Enkelkindern, nicht von den Katzen!

„Dann habt ihr länger geredet?“

„Nein, nicht lange.“

„Hat es geschneit daheim?“

„Nein.“

„Wann hast du denn angerufen?“

„Zuerst. Du bist unten gewesen, im Thermalbad.“

„Warum ist die Katze davongelaufen?“

„Das weiß ich doch nicht.“

„Hast du nicht gefragt?“

„Sie wissen es selber nicht.“ Warum läuft eine Katze davon, wenn es ihr doch gut geht? Die letzte Wahrheit ist hier noch nicht erforscht, und auch ich will nicht länger meine Gedanken an eine verschwundene Katze verschwenden. Noch etwas fällt mir jetzt ein.

„Hast du wegen dem Geißbock gefragt?“

„Was hätte ich da fragen sollen?“

„Ob er noch da ist, oder ob sie ihn schon zurückgegeben haben?“

Mena braucht nichts zu sagen, ich sehe es ihr an, dass sie nicht gefragt hat. So sind sie, die Frauen. Über Unwichtiges reden sie breit und lang, das wirklich Wichtige wird vergessen.

Wir haben ein paar weibliche Ziegen, die den ganzen Sommer keinen Bock getroffen haben, da muss man sich dann im Herbst eben einen ausleihen für eine Woche oder zwei. Sie wissen wahrscheinlich, wofür …!

Tagesprogramm

Jeden Tag um zehn gehen wir walken. Das ist schnelles oder langsames, aufrechtes Gehen unter Mithilfe von zwei Stöcken, mit denen man sich vorwärts schiebt.

Das Essen ist sehr gut. Wir verzehren immer alles, und am nächsten Tag kriegen wir wieder etwas. Hundertfünfunddreißig Leute essen jeden Tag!

Unser Zimmer liegt nicht auf der anderen, sondern auf dieser Seite des Hauses. Zu den Gänsen, die sich auf und in den sanft ansteigenden Wiesen unter den Felswänden tummeln, schauen wir hinaus. Auf der anderen Hausseite fährt der Zug vorbei, den kann man auch sehen und leider auch hören. Was uns weiter allerdings nicht stört, wir wohnen ja auf der Gänseseite. Der Osttiroler aber, ein wirklich weltoffener Mann, schläft daheim immer bei offenem Fenster; auf der Kur hat er sich das abgewöhnen müssen. „Dieser verdammte Zug“, hat er gesagt. Jetzt schläft er besser, obwohl ihm nun zu heiß ist.

Deshalb sind wir ehrlich froh, auf der Gänseseite des Hauses zu wohnen. Das Geschnatter der Gänse bin ich ja seit langem gewohnt. Und das hat absolut nichts mit meiner Mena zu tun.

Fremdfuttern

Man liegt da, schaltet alle Gedanken ab und gibt sich ganz dem Heilungsprozess hin. Die Zeit vergeht, ohne dass man es wahrnimmt. Auf die Gänsewiese mit dem schnatternden Federvieh schau' ich hinaus und meine, dass es in den Felsen darüber sicher auch Gämsen gibt. Nur sehen lassen die sich nicht. Und schnattern tun sie auch nicht. Ich bin es aus Tirol aber gewohnt, dass sich auf allen Felswänden und -zacken Gämsen herumtreiben. Warum soll es im Salzburger Land anders sein? Ich könnte die Gämsen, sofern welche da sein sollten – was ich vermute – leicht sehen; die große Fensterfront ermöglicht mir das vom Bett aus. Was sie hier wohl für einen Jagdpächter haben? Einen Russen womöglich? Wieviel Jagdpacht der wohl zahlt?

Mena kommt ins Zimmer.

„Bist du schon fertig, Mena?"

„Ja."

„Was hast du denn gehabt jetzt?"

„Den Vortrag über gesunde Ernährung."

„Ich hab' geglaubt, der ist am Nachmittag."

„Dann hätt' ich ihn jetzt nicht anhören können."

Stille.

„Und – was sagen sie?"

Mena antwortet nicht sofort.

„Die Kleine haben wir wieder gehabt."

Ich kenn' mich aus. Auf „die Kleine" ist die Meine nicht gut zu sprechen. Das ist die, die ihr die Essensration gekürzt hat.

„Die meint es nur gut mit euch."

„Ja", sagt sie nur.

Ich weiß: Das Thema ist damit besprochen. Ich muss es wechseln.

„Gehen wir heute noch ein Stück? Nach dem letzten ..., was hast du denn zuletzt?"

„Rückengymnastik."

„Wann?"

„Um halb drei."

„Ich komm' um halb drei vom Keller herauf. Dann wart' ich auf dich."

Im Keller spielt sich viel ab: Zellenbad, Gymnastikraum, Moorbad ...

Jeden Tag entnimmt man einem Fach, zu dem nur der Zimmerschlüssel passt, den Tageszeitplan für den nächsten Tag. Lautlos vergeht die Zeit. Mena studiert ihren Plan. Dann: „Heute gehen wir zum Dorfbäcker."

„Wir liegen noch gut ..."

Der Dorfbäcker ist ein raffinierter Mann – was unsere Finanzen anlangt. Obwohl er nur sehr wenig Platz hat, ist es ihm gelungen, fünf, sechs kleine Mini-Tischchen aufzustellen und Sessel mit kleinen Sitzflächen, auf denen ein gestandener Erwachsenenhintern nur zur Hälfte Platz hat. Beide – Tischchen und Stühlchen – laden zum Verweilen und Verzehren ein.

Die noch größere Gemeinheit besteht aber darin, dass er gleich nach der Eingangstür eine mehrere Meter breite, durchsichtige Glasvitrine aufgestellt und darin täglich die herrlichsten Tortenstücke platziert hat. Diese Hinterhältigkeit wird ihn sicher längst zum Millionär und die Leute zu Dauerpatienten und -kurgästen gemacht haben. Aber genug hat er scheinbar noch immer nicht. Das Geschäft floriert, das nehme ich als gesichert an. Der heutige Mensch ist zu schwach, um Versuchungen jeglicher Art auf Dauer zu widerstehen. Eine starke Frau geht vielleicht zwei oder drei Mal vorbei, beim vierten Mal verzehrt sie aber eine Linzer- und eine Sachertorte und schlürft daneben zwei Cappuccino!

Männer verhelfen – wenn sie nicht auf der süßen Seite liegen, was bei ihnen ja weit weniger oft der Fall ist als bei den Damen – mehrheitlich der Speck- und Bierundustrie zu immer neuen Höhenflügen. Und richten sich damit selbst zugrunde.

Was aber, wenn …? Nein, der Gedanke ist einfach zu absurd. Nein, so etwas kann, so etwas darf ganz einfach nicht sein! Das wäre ja ungeheuerlich! Das wäre fast schon kriminell. Für einen kurzen Moment ist in mir ein fürchterlicher Gedanke aufgeblitzt: Was ist, wenn die Bestechung umgekehrt läuft? Wenn also die Chefitäten der Kur- und Krankenhäuser die Kaffee- und Gasthausbesitzer in der Umgebung ermuntern würden, die Leute zur Völlerei zu verführen? Sich dafür – womöglich mit barer Münze – noch erkenntlich zeigen? Würde nämlich jede und jeder gesund leben, wären es doch die Kur- und Krankenhäuser, die als erste Konkurs anmelden müssten.

Hunderte, tausende Ärzte, Krankenschwestern, Therapeuten, Hausmeister, Zulieferer wären auf einen Schlag arbeitslos. Tragödien ungeahnten Ausmaßes würden sich abspielen, Ehen auseinanderbrechen, unschuldige Kinder aus ihrem Schlaraffenland-Dasein gerissen, müssten den dreiminütigen Heimweg von der Schule zu Fuß antreten, weil man den Zweitwagen, über den Mutter verfügt, verkaufen müsste.

Svetlana und Kolleginnen müssten den Heimweg zurück über die Grenze antreten, weil sie nicht mehr gebraucht würden. Sie, die bisher so freundlich und fleißig geputzt, gewischt, gesaugt und geglättet haben. Köche, Gehilfen, Serviererinnen, die uns so zuvorkommend bedient und erfreut haben – alle würden nicht mehr gebraucht.

Können wir ihnen allen das antun? Dass sie nicht mehr gebraucht werden, sich wertlos fühlen müssen. Labile Charakter würden sich in die eigenen vier Wände zurückziehen, Zeitung, Radio und Fernsehen abstellen, zu essen und trinken aufhören und einen langsamen, qualvollen

Tod sterben oder diesen durch eigene Handanlegung beschleunigen.

Könnten wir das alles verantworten, nur weil wir auf unseren Vorteil bedacht sind und ein gesundes Leben leben wollen? Ich glaube nicht! Früher oder später würden sich Gewissensbisse einstellen, Schuldgefühle würden sich in unseren Köpfen festsetzen, kein Lachen würde uns mehr über die Lippen kommen, und labile Charakter würden den gleichen Weg gehen, wie die von uns in das Verderben Getriebenen.

Nun bin ich tief eingetaucht in das menschliche Seelenleben. Ich habe die weitreichenden Zusammenhänge erkannt und fühle mich wieder gut. Genüsslich verzehre ich Cappuccino mit Apfelstrudel, Mena bevorzugt heute eine Kardinalschnitte. Auch andere Insassen der Anstalt sind da. Alle haben Hunger und Durst!

Ich will den Verantwortlichen dieser Häuser ja nichts Schlechtes unterstellen, glaube aber, dass ihnen das Hemd näher ist als der Rock. Nein, ich glaube es nicht – ich weiß es! Von einem Bekannten, der selbst in einem Krankenhaus arbeitet. Er hat gesagt, vor einigen Jahren, als auch nach Weihnachten noch kein Schnee gefallen und allein deshalb sehr viel auf dem Spiel gestanden war. Entlassungsschreiben waren bereits getippt worden, die Schließung einiger Stationen war schon im Raum gestanden. Endlich schneite es dann doch, und die Schifahrer stürmten die Pisten. Ab diesem Zeitpunkt arbeitete auch das Krankenhaus wieder mit Profit. Alle Auslastungssorgen hatten sich im Schnee aufgelöst. Probleme dieser Art lassen sich aber auch mit Cremetorten lösen.

Wanderung zur Widderstein-Alm

Zwanzig Minuten brauche ich von der Kuranstalt bis nach Widderstein. Einige schaffen es in dreißig Minuten kaum. Denen fehlt es allerdings in den Beinen oder Gelenken. Bei mir arbeiten sie an der rechten Schulter, um sie wieder herzurichten.

Ich betrete den einzigen Gasthof und bestelle einen Cappuccino. „Habt ihr auch etwas dazu da?", frage ich die freundliche Bedienung.

„Ja", sagt sie, „allerdings nur einen Pfirsichkuchen."

„Passt, den nehme ich."

Ein paar Einheimische sitzen am Stammtisch und beäugen mich wie nebenbei, und zwei Tische weiter sind drei Gäste beim Essen. Eine ältere Dame keucht in die Gaststube und setzt sich an einen freien Tisch. Auch ein Kurgast, dem Aussehen und Benehmen nach …

Da kommt mein Pfirsichkuchen – und wieder zwei Kurgäste, diesmal sind es Männer; sie bestellen jeweils eine Halbe Bier und ein Cordon-Bleu, selbstverständlich mit Salat. Und Pommes. Um drei Uhr nachmittags!

Mir schmeckt der Pfirsichkuchen, und gut passt auch der „Radler" drauf. „Wie hoch liegt Widderstein eigentlich"?, frage ich die junge Frau. „Und wie viele Einwohner habt ihr?" Freundlich beantwortet sie meine Fragen. Danach bezahle ich und schlendere durch die Tür gemütlich ins Freie. Viertel nach drei – eigentlich noch zu früh, um Richtung Kuranstalt zu gehen. Die Meine hat ja auch noch zu tun – Anwendungen, sagt man dazu in der Anstalt. Da erinnere ich mich, dass mir schon beim Hergehen der Wegweiser aufgefallen ist: „Widderstein-Alm 90 Min." steht drauf; und kurz entschlossen biege ich ab und mache mich auf den Weg dorthin.

Ich habe nicht vor, ganz hinauf zu gehen; ich kann ja jederzeit umdrehen. Zumal unter dem Wegweiser eine kleine Tafel „Derzeit geschlossen" angebracht war.

Ich wandere den schmalen Fahrweg bergauf. Tiefe, vom Wasser ausgefressene Spurrinnen ziehen nach oben. Ein kleiner Traktor oder ein „Haflinger" können den Weg wohl befahren, ein größerer Traktor oder ein Lastauto ganz sicher nicht.

Es geht ganz schön bergauf, und ich komm' etwas ins Schnaufen. Ich habe gute Sicht auf die Dächer von Widderstein; ein paar Häuser des Ortes stehen ganz nah am Berg. Sonnenstrahlen fingern sich durch die Fichtenäste und verschönern nicht nur den Tag und den Wald, sondern wärmen auch in der Höhe langsam die Luft.

Das Gelände wird ebener, deshalb muss auch der Weg nicht mehr so steil nach oben – er wird flacher und mehr und mehr von großen Felsbrocken begleitet. Die hat mit Sicherheit kein Bagger auf die Seite geräumt, nein, die sind dort gewachsen. Oder hat sie jemand vor Millionen Jahren genau dorthin geworfen?

Stille umgibt mich, eine heilsame Ruhe. Kein anderer Mensch ist da heroben unterwegs, alle gehen, wandern oder laufen in der Talebene. Oder sitzen in den Cafés bei Kaffee und Cremetorte. Auch Bier darf man in der Kuranstalt nicht trinken, also wandert man halt ein bisschen außer Haus – mit dem Rauchen verhält es sich ähnlich.

Ein gutes Stück bin ich nun schon heroben; Vögel singen, blicken lässt sich jedoch keiner. Der Baumbestand ist sehr dicht und lässt keine Sonne mehr durch. Oder ist die schon untergegangen? Es ist bald vier ..., ich weiß nicht, wann sie in Widderstein untergeht. Es scheint leicht zu dämmern; ein Stück werde ich noch gehen, dann umkehren. Bis sechs, bis zum Abendessen also, komme ich leicht zurück.

Wenn ich gerade hinauf- und zwischen den Bäumen hindurchschaue, sehe ich Wolken aufsteigen. Etwas … aber was ist das bloß? Etwas ist nun völlig anders. Dann wird mir bewusst: Vollkommene Stille, kein Vogel singt mehr. Eigenartig, fast beklemmend ist diese Ruhe. Auch hier heroben liegen große, moosbewachsene Steine zwischen den Bäumen. Hier sind sogar zwei riesige Felsbrocken aufgestellt und oben aneinander gelehnt. In der Mitte könnte man durchkriechen. Wenn sie genau in diesem Moment zusammenfallen sollten, wäre das allerdings weniger lustig – wie eine winzige Maus würden mich die Brocken zerdrücken. Ich widerstehe also dem Verlangen und marschiere weiter. Eigenartig, plötzlich kommen mir meine Schritte laut vor. Wenn ich die Füße, einen nach dem anderen, auf dem Boden aufsetze, dann knirscht es. Dann ist plötzlich noch etwas zu hören. Ich bleibe stehen. Ein Klopfen, von dort vorn irgendwo. Meine Augen suchen die Gegend ab und – mir läuft es kalt über den Rücken – keine zehn Meter vor mir eine menschliche Gestalt. Sie ist so an die Farben des Waldes angepasst, dass ich den Mann – ja, es ist ein Mann – beinah übersehen hätte.

Aber nicht die Gestalt selbst ist es, die mich erschreckt, es ist vielmehr das, was der Mann tut. Er kniet vor einem morschen Baumstumpf neben dem Weg und hält mit der linken Hand etwas Längliches fest, von dem er mit einem Messer Scheiben herunterschneidet. Ich sehe ihn nur von der Seite. Den Hut hat er tief in die Stirn gezogen. Alles ist braun, grün, dreckig.

Hat er mich bemerkt? Nein; er ist auf das Schneiden konzentriert, wendet seinen Kopf nicht in meine Richtung. Tut er nur so, oder hat er mich wirklich noch nicht bemerkt? Es ist keine Wurst, von der er scheibchenweise herunterschneidet. Die Scheiben – sind es überhaupt Scheiben? – lässt er achtlos auf den Boden fallen. Tack, tack, tack … unentwegt schneidet, hackt er mit dem Messer.

In diesem Augenblick sehe ich, dass die Messerklinge rot ist! Blut? Mich schaudert. Ich beschließe, schnell ins Tal zurückzulaufen – doch meine Beine lassen sich nicht bewegen. Ich getraue mich kaum zu atmen, hoffentlich bemerkt er mich nicht. Was hält er mit seiner Linken fest? Wie eine Schlange schaut es aus – von fern.

Ich mache einen Schritt zurück, dann noch einen und einen dritten, doch dann erstarre ich. Vor mir tut sich Grausiges. Die Scheiben, die der seltsame Mann abgeschnitten hat, beginnen sich zu bewegen. Schwerfällig kugeln sie durcheinander, beginnen zu hüpfen und erzeugen ein schmatzendes Geräusch. Der Mann aber hackt weiter, immer noch und pausenlos! Die Scheiben aber scheinen sich zu verwandeln – aus ihnen werden grauenvolle, unförmige Dinger.

Dann hackt der Mann nicht mehr. Langsam dreht er den Kopf in meine Richtung. Dieses Gesicht! Und diese Augen – wie zwei glühende Kohlen in einer Maske! Ich will nicht hinschauen, bringe es aber nicht fertig. Nun richtet sich der Mann auf und stapft davon, bergwärts.

Langsam löst sich meine Starre, ich beginne wieder zu schnaufen. Weiche Knie hab' ich noch. Sekunden später hat der Wald den Mann verschluckt, auch die unheimlichen Dinger sind verschwunden.

Müde sitze ich um sechs Uhr mit den anderen an unserem Tisch beim Abendessen. Ich werde von meinem Erlebnis erzählen. Oder habe ich das Ganze bloß geträumt?

Kurschatten

Total vom Thema abgekommen bin ich jetzt. Oder doch nicht? Meine Beschwerden im Rücken und Genick, wo sind die hin? Zeitweise spüre ich überhaupt nichts mehr davon. Oder ist es nur Einbildung? Sie werden wohl kaum schon nach vierzehn Tagen zu wirken anfangen, diese Kurbehandlungen?

Die beiden auffälligen Herren haben sich auch schon gebessert. Der eine mit der Mappe ist heimgefahren, der Krawattenträger trägt keine mehr. Drei Bekannte aus unserer Gegend sind gestern angekommen. Einer mit Krücken, die beiden anderen mit dem Zug. Auf etwas bin ich inzwischen auch draufgekommen. Wie alles zwei Seiten hat, so verhält es sich auch, wenn man mit der Gattin auf Kur geht. Man wird in die Aktivitäten der sogenannten Singles nicht oder kaum miteingebunden. Sie, das kann ich Ihnen sagen, da sind einige wilde Hunde dabei! Die gehen abends aus, kennen schon die diversen Tanzlokale, wo sie Charme und Muskeln spielen lassen und wie verrückt das Tanzbein schwingen. Beim Frühstück am nächsten Tag wirken sie dann zwar ein bisschen mitgenommen, bis zum Abend helfen ihnen Massagen, Therapien, Bäder und andere Behandlungen aber wieder auf die Sprünge.

Die Frauen sind kaum besser. Die entwickeln sogar besonders raffinierte Strategien …

Durch dieses zuerst lustige Gehabe wird dann der Zustand erreicht, aus dem der berühmte „Kurschatten“ entsteht. Erste Anzeichen dafür sind relativ schnell feststellbar. Als wir gestern kurz vor zehn vom Fernsehraum ins

Zimmer gewandelt sind, ist Susi aus dem Zimmer von Theo geschlüpft. Von „Buch ausleihen“ hat sie etwas geflüstert. Als ich in der Nacht munter gworden bin, ist mir eingefallen, dass Susi aber gar kein Buch mitgehabt und Theo schon am zweiten Tag behauptet hat, lesen komme bei ihm als Letztes. Wenn es mich etwas anginge, gäbe so etwas natürlich zu denken. Weil mich so etwas aber gar nichts angeht, berührt es mich auch nicht, und ich beschließe, daran keinen Gedanken mehr zu vergeuden.

„Was schreibst du eigentlich da immer wieder?“, fragt Mena unvermutet.

„Ach, über die Kur schreibe ich ein bisschen.“

„Was, über die Kur? Da gibt es nichts zu schreiben!“

„Man hat viel Zeit zwischendurch, da schreib' ich halt!“

„Aber nicht über die Kur!“

„Ich probier's ja nur. Du kannst es nachher lesen.“

Ihr Blick ist nicht gerade ein lieblicher. Dann vertieft sie sich wieder in ihre „NEUE WELT für die Frau“.

Wo bin ich denn stehengeblieben? Ach ja, beim Kurschatten. Nur wegen ein paar Mal mit derselben Frau tanzen und reden – daraus wird wohl nichts entstehen, da muss schon innen drinnen etwas explodieren, etwas Gewaltiges, das beide mitreißt in diesen schäumenden Strudel der Leidenschaften, aus dem es kein Entrinnen gibt und mit dem Wort „Liebe“ nur andeutungsweise zu beschreiben ist. Aus früheren Tagen kennt man das ja von sich selbst auch zur Genüge. Und solches soll, zwar in wenigen Fällen, auch heute noch geschehen. Man könnte sich auch in eine Schwester, genauer eine Krankenschwester, in eine Therapeutin, Ärztin, Serviererin, in eine Putzfrau oder andere Mitarbeiterin verlieben – vorausgesetzt, man ist ein Mann. Mich betrifft dies alles zum Glück nicht mehr, ich habe ja Mena.

Sebastian, einen aus unserer Nachbargemeinde hat es vor zwei Jahren arg erwischt! Er ist von der Kur heimgekommen – und drei Wochen darauf ist sie dagestanden. Mit Sack und Pack! Wie hat er das wohl seiner Frau erklärt? Nach dem ersten Schock wird er die beiden miteinander bekanntgemacht haben: „Schau Kathi, das ist Ilse, die ist auch auf Kur gewesen und wir haben ein paar Mal miteinander geredet und ‚Mensch ärgere Dich nicht' gespielt." Ist Kathi eine Gutmütige, wird sie Ilse ins Haus gebeten und ihr Kaffee angeboten haben. Gespräch wird wohl kein richtiges entstanden sein. Auch Ilse wird Hemmungen gehabt haben – zuerst. Vielleicht sind Kathi die beiden Koffer spanisch vorgekommen, oder Ilse hat zu Sebastian etwas Verdächtiges gesagt, jedenfalls soll es zu fürchterlichen Schreiduellen der beiden Frauen gekommen sein. Und Sebastian ist zwischen den Fronten gestanden. Eine fast zufällig vorbeikommende Nachbarin hat ihn mit tiefen Schürfwunden an Kopf und Seele zum Doktor gebracht, erzählt man sich noch heute. Und – Sebastian ist nun arm dran, beide haben ihn verlassen. Ja, das sind die Schattenseiten einer Kur.

Es kann aber auch ganz anders verlaufen. Eine Frau kann froh sein, wenn ein Kurschatten auftaucht und sie endlich mit ihrem bis jetzt geheimen Liebhaber von dannen ziehen kann. Bei der dritten Möglichkeit löst sich alles in eitel Wonne auf.

„Ich leg' mich nieder, es ist schon nach neun."

„Ein Weilchen schreib' ich noch, dann leg' ich mich auch nieder."

Hab' ich schon gesagt, dass wir geteilte Betten haben? Menas Bett steht an der rechten Wand, meines an der linken. Dazwischen ist Zimmer. Ich hätte auch das rechte nehmen und Mena das linke überlassen können. Wir haben uns aber friedlich geeinigt, dass es so sein soll, wie es nun ist.

Übrigens: „Kurschatten“ heißen die Erscheinungen nicht mehr. Jetzt ist von „Sternschnuppen“ die Rede: „Während der Kur bist du mein Stern – und danach bist du mir schnuppe!“

Kurchor

Den „Stubnerkogel“ und den „Graukogel“ haben wir auch erklommen, allerdings nur in Gedanken. Auf einigen imposanten Hügeln und in süßen Kaffeehäusern haben wir aber unsere Spuren wirklich hinterlassen. Die Kurgäste wechseln hier wöchentlich. Neue Patienten kommen, alte gehen. Die alten sind nicht wirklich alt, sie sind eben schon drei Wochen da. Normalerweise springen sie wieder wie die jungen nach diesen fantastischen Behandlungen, und es soll auch schon passiert sein, dass Heimkehrer ihre Krücken im Kurhaus vergessen haben. Hermann hat angeregt, für alle, die am selben Tag gekommen sind und deshalb am nächsten Dienstag wieder heimfahren, eine Abschlussfeier zu veranstalten. Wir haben uns zusammengesetzt, beraten und beschlossen, dieses Fest im nahegelegenen kleinen Gasthaus auf der anderen Seite des Baches abzuhalten. Das ist gestern Abend geschehen, und seit gestern abend sehe ich die Welt mit anderen Augen. Im Guten wie im Schlechten. Nun weiß ich, dass ich unsere Tischkollegen, den Osttiroler und den Steirer, in keinster Weise gekannt habe, und auch die anderen, besonders die Frauen, nicht. Alles was ich über sie so nebenbei berichtet habe, muss ich über den Haufen werfen, vergessen. Sie selbst haben dieses Bild radikal geändert! Anfangs, Schweinebraten hat der Wirt allen gebracht, anfangs ist die Welt noch in Ordnung gewesen. Aber dann! Ich kann im Nachhinein nicht mehr sagen, ob schon die Sitzordnung – an jedem Tisch sind Männer und Frauen gesessen – die Stimmung angeheizt hat. Wahrscheinlich schon. Was bin ich für ein blinder Tor! Die Sitzordnung ist nicht zufällig entstanden, auch da steckte schon ein Plan dahinter. Nach der Nachspeise, einer Mehlspeis-Delikatesse und einem guten Schnäpschen, das der Wirt spendiert hat, ist es so richtig losgegangen. Sie haben zu singen begonnen – zuerst einige, dann wir alle.

Kann man sich vorstellen, wie so etwas klingt, wenn ein Steirer, ein Osttiroler, wir Tiroler und noch ein paar andere singen? Schön ist es meiner Ansicht nach nicht gewesen, aber gewaltig! Dann hat plötzlich einer mit der Ziehharmonika den „Schneewalzer" gespielt. Die Frau neben dem Osttiroler, eine Kärntnerin aus Villach, hat wieder mitgesungen, und kurz darauf (fast) alle. Singen macht müde, und so ist man nach einer Stunde dazu übergegangen, Witze zu erzählen. Aber was für welche! Der Steirer hat so richtig die Sau herausgelassen. Obwohl sich die Kärntnerin bemüht hat – ich hab' sie beobachtet –, nicht aufzufallen, ist sie dem Osttiroler immer näher gerückt.

Eine Feier soll man verlassen, bevor sie nicht mehr schön ist. Obwohl wir den Zeitpunkt fast übersehen haben, sind wir – Mena und ich – fast nüchtern und vergnügt über diese Brücke heimzu, also dem Kurhaus zu, gewankt.

Die letzten zwei Tage ist nicht mehr viel passiert.

„Soll ich mit dem Auto zur Rampe herfahren?"

Menas Blick streift mich kühl. „Als wir gekommen sind, haben wir unser Zeug die hundert Meter weit getragen. Also werden wir es jetzt auch schaffen – oder?!"

Leicht haben wir es geschafft.

Kursplitter

In einem Kurhaus wohnen, leben und arbeiten viele Kurgäste, Ärztinnen, Therapeutinnen, Masseurinnen und sonstige Mitarbeiterinnen – auch männlichen Geschlechts. Sie alle werden von Köchinnen und Köchen und Küchenhilfen bekocht, Serviererinnen und Kellner bringen ihnen die Speisen sehr nahe, Putzfrauen und Putzmänner putzen, wischen, saugen und halten somit das ganze Haus sauber.

Würde nun plötzlich niemand mehr krank oder keine Kur mehr beanspruchen und einfach zu Hause leben – ein Heer von Menschen wäre auf einen Schlag arbeitslos. Schicksale ungeahnten Aumaßes würden ihren Lauf nehmen und oft vor dem Richter oder beim Totengräber enden. Leben wir also weiter wie bisher, ignorieren wir Cholesterinspiegel, Bluthochdruck und die Mahnungen diverser Gesundheitsapostel! Wenn wir zuletzt auch untergehen, andere können sich dadurch über Wasser halten.

*

Vor der Unterwassergymnastik habe ich zuerst großen Respekt gehabt. Erst als ich gemerkt habe, dass man dabei den Kopf über Wasser halten darf, hat mir das Ganze zu gefallen begonnen!

*

In der Kur geht man freiwillig in das nur durch Vorhänge abgetrennte Kämmerlein und lässt sich von einer Frau mithilfe eines kleinen Apparats eine Viertelstunde lang Strom durch Schulter, Becken oder Knie schicken. Daheim getraut man sich kaum, die Funktion des Weidezauns zu überprüfen, und ist froh, wenn die Frau den kleinen Stromschlag auf sich nimmt!

*

Der, der untertags auf Krücken durch das Kurhaus schlurft, ist abends in der Disco der beste Tänzer. Haben Frauen erzählt!

*

Auf der gegenüberliegenden Seite des Bachs, der am Kurhaus vorbeirinnt – wobei allerdings eine Brücke zum drüberspazieren einlädt –, liegt ein kleines Gasthaus, das gut frequentiert ist, weil dort Einheimische und Kurgäste gut essen und Diätpatienten ihren Heißhunger bei Wiener Schnitzel, Pommes und Cremetorten stillen können; auch Alkohol und harte Getränke, die im Kurhaus verpönt sind, werden gegen Bezahlung gern verabreicht. Von den Angeboten wird reichlich Gebrauch gemacht.

Der Wirt erwägt dazuzubauen! Womöglich unterstützt der Betreiber des Kurhauses den Wirt – schließlich soll ein Kurhaus ständig ausgebucht sein!

*

Mit zwei großen Koffern ist ein Weinbauer aus Niederösterreich zur Kur angerückt. Ein eitler Mann, habe ich mir gedacht – so viel Gewand zum Wechseln. Erst im Lauf der letzten Woche habe ich bemerkt, dass man in einen Koffer auch anderes einpacken kann. Lustig und vergnügt haben wir diesen einen Abend genossen und sind danach ein bisschen schwindlig in unsere Zimmer geschlichen.

*

Den Enkelkindern hat bei einem Kurzbesuch in der Kuranstalt – der mir gegolten hat – die Schuhputzmaschine am besten gefallen. Dass das Haus mit Millionenaufwand modernisiert worden ist, haben sie gar nicht beachtet.

Kurgedicht
(schlank & unvollendet)

Die Kur
wirkt nur
wenn du
die Kuh
schnell vergisst
offen bist
für Therapie
und Harmonie
für die Wärme
der Therme
sanfte Hände
heiße Lende
richtige Kost
wenig Most
mäßig Wein
Kuchen klein
...
...

Paul muss weinen

1.

Das Frühstück genießen sie beide ausgiebig. Manchmal brauchen sie dazu eine ganze Stunde. Aber sie haben jetzt ja Zeit. Seit einem halben Jahr arbeitet Brigitte auch nicht mehr, er schon seit zwei Jahren. Nichts mehr arbeiten, das stimmt auch wieder nicht, die täglich anfallenden kleineren oder größeren Verrichtungen müssen nach wie vor erledigt werden.

„Was ist das für ein Käse heute?“

„Ein Felsenkeller-Bergkäse. Warum interessiert dich das? Schmeckt er dir nicht?“

„Doch, schon, ein bisschen sehr stark – oder?“

„Was, sehr stark …?“

„Ja, im Nachhinein, meine ich.“

„Er schmeckt dir also nicht?!“

„Doch, schon …“

Nun ist Brigitte eingeschnappt, beginnt wortlos abzuräumen, er nimmt die Zeitung. „In Innsbruck hat es in der Nacht gebrannt.“

„Irgendwo brennt es immer.“

„Herrgottna!“

Dann sagt er halt nichts mehr.

Nun ist er mit dem Auto unterwegs. Seit vierzehn Tagen hat er einen neuen Job. Job ist übertrieben, er hilft nur aus. Er liefert das Mittagessen vom Altenwohnheim zur Volksschule.

„Paul, du hast doch Zeit jetzt, wir brauchen dich“, hat ihn der Bürgermeister angesprochen.

„Für was braucht ihr mich?“

Der Bürgermeister hat es ihm erklärt: Schüler, die auch nachmittags Unterricht haben, und jene, bei denen zu Mittag niemand daheim ist, bräuchten ein Mittagessen. Weil heutzutage an einer kleinen Schule nicht mehr gekocht werde, unsere Gemeinde aber in der Nachbargemeinde beim Altenwohnheim beteiligt und in demselben eine Großküche installiert sei, koche man dort auch für unsere Schüler mit. Allerdings liegen die Gemeinden ein paar Kilometer auseinander. Und deshalb brauche man Leute mit Auto. „Fahrtgeld kriegst du, sonst ist aber nichts zu verdienen."

„Ja, das Ganze kommt ein bisschen schnell", hat er zuerst gesagt, dann aber doch zugestimmt.

„Paul, du spendest der Gemeinde zu Mittag eine halbe Stunde Zeit, und uns wäre sehr geholfen. Wenn wir jemanden für diese Aufgabe anstellen müssen, dann geht das ins Geld. Ihr könnt ja wechseln, Hans fährt auch."

Es hat sich inzwischen alles eingependelt, wie man so sagt. Eine Woche fährt er, die andere Hans. Zwei Tage in der Woche ist auch ein Behälter für die Kindergartler mitzunehmen. Dort bleiben auch ein paar über Mittag. Im Altenwohnheim wissen sie schon, wieviel gebraucht wird. Das wird von der Schule und vom Kindergarten in der Früh gemeldet. Den einen oder auch zwei leere Behälter in der Schule holen, die paar Kilometer fahren, im Altenwohnheim abstellen, den oder die vollen Behälter ins Auto laden, losfahren und alles im Schulhaus und Kindergarten (der auch im Schulhaus untergebracht ist) abstellen. Genau eine halbe Stunde braucht man dafür.

Er empfindet das ganz und gar nicht als Arbeit, sondern als Abwechslung. Er freut sich schon fast auf diese tägliche Fahrt. Nicht direkt auf die Fahrt, aber ....

Hoffentlich ist sie heute wieder da. Man trifft bei dieser Tätigkeit auch Lehrerinnen, Kindergartentanten und Köchinnnen. Eine Köchin ist ihm seit ein paar Tagen aufgefallen. Eine ganz eine faszinierende Person! Anfangs, als die in der Küche bemerkt haben, dass ein Neuer das Essen abholt, sind natürlich alle behilflich gewesen. Als sie dann gemerkt und gesehen haben, dass dieser ältere Mann das Aus- und Einladen ins Auto leicht allein bewältigt, hat nur noch gelegentlich eine oder einer einen kurzen Gruß herausgerufen.

In so einer Großküche arbeiten viele Leute! Nicht alle zugleich, das geht schichtweise. Jedenfalls hat er schon sehr viele verschiedene gesehen. Aber diese da, die ist ihm erst vor zwei Tagen aufgefallen. Vorgestern ist sie wohl mehr zufällig herausgekommen, hat ihn groß angeschaut und dann gegrüßt. Beim Heimfahren hat er noch immer an sie denken müssen. Wie sie wohl heißt? Heute, wenn sie da ist, wird er sie ansprechen.

Er hofft, dass sie da ist.

2.

Inge schwitzt ein bisschen. Aber das nimmt sie gern in Kauf. Sie hat Arbeit, verdient nicht schlecht und ist abgelenkt. Das letzte Jahr war ein schwieriges, ein sehr schwieriges. Aber das ist vorbei. Vieles hat sich verändert in ihrem Leben – in kurzer Zeit. Sie ist nun allein, und das ist gut so. Sie kann tun und lassen, was sie will. Manchmal denkt sie noch an früher. Es war eine schöne Zeit mit Herbert. Die letzten zwei Jahre jedoch nicht mehr. Das waren zwei sehr schlimme Jahre. Zusätzlich ist noch Marie, die Tochter, ausgezogen. Die Zeit heilt Wunden. Und eine Erkenntnis ist gereift in ihr: Vergiss die Männer! Ausnahmslos!

Jetzt setzt sie sich zum Tisch. Zu fünft arbeiten sie in der Küche des Altenwohnheims. Im Gang neben ihnen klappert es. Aha, das ist der kleine Wagen, das Essen für die

Schüler in der Nachbargemeinde wird abgeholt. Heute brauchen sie viele Essensportionen. Der Behälter ist voll und schwer. Ein neuer Mann holt ihn ab. Vor zwei Tagen hat sie ihn das erste Mal gesehen. Es ist ein alter Mann. Einen kurzen Moment hat sie überlegt, wo sie den schon einmal gesehen hat? Es ist ihr nicht eingefallen, bis heute nicht. Aber es ist ja auch egal. Obwohl – im Nachhinein hat sie noch an ihn denken müssen. Er hat sie so offen, so freundlich angeschaut. Geredet haben sie außer dem Gruß nichts. Schwungvoll hat er den Behälter in den Kofferraum des Autos gehoben. Heute ist der Behälter richtig schwer.

Inge steht auf und schaut hinaus.

3.

Heute wird er wohl niemanden zu sehen bekommen, auch sie nicht. Er hebt den Behälter von dem kleinen Wagen auf die Rampe. Er lässt sich Zeit …

Plötzlich – ja, sie ist es! Plötzlich kommt die Frau heraus. Beide grüßen einander – und suchen nach Worten.

„Heute ist der Behälter schwer", sagt sie endlich.

„Ja, das macht nichts. Werden schon viele zu Mittag essen heute", sagt er. Schön ist sie, denkt er. Ein bisschen mollig, aber ihm gefällt das. Mit Schwung hebt er den Behälter ins Auto.

„Du packst das also allein", meint sie anerkennend und bleibt noch stehen.

„Ja schon. Aber … ich würd' mir schon helfen lassen – von so einer wie dir." Sie wird verlegen, macht einen Schritt zurück. Er muss etwas sagen, bevor sie verschwindet. Er steigt die paar Stufen zur Rampe hinauf. Sie steht noch da. „Du also kochst für die Alten und für die Jungen aus unserem Dorf."

„Nicht ich allein, wir sind zu fünft."

„Ich hab' dich beim Mittagessen gestört."

„Nein, ich bin schon fertig gewesen."

Nun fehlen auch ihm die Worte.

Sie öffnet den Mund. „Ja gut, dann ..., ich muss ...!"

„Wie heißt du eigentlich?" Er ist sich nicht sicher, ob sie antwortet. Eigentlich ist er schon ein wenig frech.

„Interessiert dich das?"

„Ja schon, aber du musst es mir nicht sagen." Dann fällt ihm etwas ein. „Wahrscheinlich heißt du Gerda. Ich hab' einmal eine gekannt, die hat Gerda geheißen. War ganz eine Schöne."

Ein paar Sekunden braucht sie, um zu begreifen. Dann wird sie rot, will etwas sagen, schließt den Mund aber wieder. Er steigt die Stufen herunter, geht die drei Schritte zum Auto und hebt, bevor er einsteigt, die Hand. Sie ist aber schon nicht mehr da. Er fährt mit dem Mittagessen für die Schüler heimzu.

4.

Inge ist verwirrt. Ihr Essen ist inzwischen kalt geworden. Macht nichts, sie hat keinen Hunger mehr. Die anderen schauen sie schmunzelnd an.

„Ein flotter Bursche, der Neue", sagt Johanna.

„Nicht mehr ganz jung, aber gut erhalten", fügt Ruth hinzu.

„Lasst sie, Inge schaut doch keinen Mann mehr an", stichelt Robert.

Inge atmet schwer. Soll sie ihnen so richtig …? Plötzlich spürt sie … sie flüchtet ins WC, wischt sich die Tränen aus den Augen und ärgert sich – über sich selbst. Ein Weilchen bleibt sie stehen, um ihre Gedanken zu ordnen, dann betätigt sie die Spülung. Sie hätte nicht hinausschauen sollen. Wieso ist dieser Mann so … so frech geworden? Sie hat ihn doch nicht ermutigt dazu. Frägt der sie einfach nach ihrem Namen! Dann hat er noch etwas gesagt. Wäre er nicht ein Mann, würde sie sich freuen über diesen Nachsatz. Durch die Blume hat er gesagt, dass sie schön ist. Ist sie überhaupt schön? Inge schaut in den Spiegel über dem Waschbecken. Nein, schön ist sie nicht. Momentan schon überhaupt nicht. Warum hat dieser Mann das überhaupt gesagt? Hat er sie nur necken wollen? Warum befassen sich ihre Gedanken überhaupt mit ihm? Vergiss das Ganze! Geh wieder in die Küche und tu deine Arbeit.

Ein komischer Nachmittag ist das heute. Einerseits ist sie ein bisschen „durcheinander", wie man sagt, andererseits könnte sie sich freuen. Er hat angedeutet, dass sie schön ist. Sie muss abnehmen. Sie hat fünf Kilo zu viel. Nein, sie wird nichts ändern! Sie isst und lebt wie bisher. Nur, weil dieser Mann gesagt hat …. und morgen wird sie nicht mehr hinausschauen, wenn er das Essen holt. Nach der Arbeit, als sie heimfährt, besorgt sie sich eine Gesichtscreme.

5.

„Paul, da schau her. Nimm mir vom Laden ein paar Sachen mit. Ich hab' dir alles aufgeschrieben." Brigitte.

„Dann muss ich ja früher fahren."

„Ja und? Fährst halt zehn Minuten früher".

Also ist er nun zehn Minuten früher unterwegs. Er stellt das Auto neben dem Schulhaus ab und holt den Behälter. Danach geht er in den Kindergarten und holt auch dort einen. Manchmal steht der neben dem der Schule, heute jedoch nicht.

„Grüß dich Paul. Was tust denn du im Kindergarten"? Eine junge Mutter schaut ihn an.

„Ich hab' mich weitergebildet und fang' jetzt eine zweite Karriere im Kindergarten an."

Zweifelnd schaut ihn die Frau an. „Zuzutrauen wäre es dir ja, ich glaub' es aber trotzdem nicht."

„Na gut, dann eben nicht. Essen liefern tu ich, für die Kinder." Sagt es und lässt die staunende Frau zurück. Er muss sich beeilen, damit er die Zeit einhalten kann. Im Geschäft findet er natürlich nicht, was ihm Brigitte alles auf den Zettel geschrieben hat. Das meiste sind ganz ausgefallene Sachen. Was eine Frau so alles benötigt?! Ein fettarmes Joghurt, eine Zahnpasta, Zwiebeln …

„Suchen Sie etwas? Kann ich Ihnen helfen?"

Er gibt ihr einfach den Zettel. Zielstrebig sucht ihm die Angestellte alles zusammen.

„Danke", sagt er und bezahlt an der Kassa.

Das ist jetzt so schnell gegangen, dass er wieder zu früh dran ist. Er setzt sich ins Auto und lässt ein paar Minuten verstreichen, dann fährt er zur kleinen Rampe beim Altenwohnheim.

Ein Gemeindearbeiter kommt ums Eck. „Oha", sagt der, „was tust du da?"

Paul kennt ihn. Ist das nicht …? Ja doch, das ist Jakob. Er ist sogar weitschichtig verwandt mit ihm.

Rasch sind alle offenen Fragen geklärt, Jakob entfernt sich wieder. „Ich hab' noch zu tun. Du glaubst gar nicht, was da alles so anfällt."

Paul holt den kleinen, ratternden Wagen, stellt die beiden Behälter darauf und schiebt ihn die Rampe entlang. Ob sie heute wieder herauskommt? Er lässt sich Zeit. Behutsam verstaut er den vollen Behälter im Kofferraum des Autos. Soll er noch einmal hinaufgehen und „Mahlzeit" hineinrufen? Nein, das wäre zu aufdringlich. Es nützt nichts, er muss fahren, sonst ist die letzte Vormittagsstunde für die Schüler um, und er ist mit dem Essen noch nicht da. Ein letztes Mal schaut er – nein, nichts. Kein Mensch schaut heraus.

6.

Inge ist unzufrieden. Heute hat sie nicht hinausgeschaut. Lustlos kaut sie auf ihrem Essen herum, lässt es schließlich ganz bleiben. Kartoffelgulasch hat sie nie gemocht, selbst auch kaum einmal gekocht. Früher schon, Herbert zuliebe. Sie hätte doch hinausgehen sollen. Nur ganz kurz sich sehen lassen und dann wieder zurück. Aber nun ist es zu spät, aus und vorbei. Vielleicht ist es ja besser so.

„Inge, du wirst noch vom Fleisch fallen. Gestern kaum etwas gegessen, heute auch nicht!" Johanna.

„Gestern ist sie gestört worden", setzt Ruth nach.

Mehr als einen eisigen Blick hat Inge nicht übrig für die beiden, etwas zu sagen, wäre zu viel Aufwand. Was verstehen die beiden schon vom Leben. Ja, es ist kompliziert, das Leben. Es könnte so einfach und schön sein, es ist aber nicht so. Der Großteil der Schuld, der größere Teil geht von den Männern aus. Und die Frauen sind so dumm und lassen sich anstecken, tragen auch noch einen kleinen Teil dazu bei, bis das Ganze dann überläuft und explodiert. Sie konzentriert sich wieder auf die Arbeit. Die drei Euro für die

Gesichtscreme hätte sie sich auch sparen können. Obwohl, es hat sich gut angefühlt heute, als sie sie aufgetragen hat. Bevor sie in die Arbeit gefahren ist, hat sie ihr Gesicht noch gründlich studiert. Die winzigen Fältchen auf der Stirn waren fast verschwunden. Oder hat sie es sich nur eingebildet? Aber egal, es ist vollkommen gleichgültig, es schaut sie ja niemand an. Morgen wird sie wieder hinausgehen. Morgen ist Freitag, der letzte Tag, an dem die Schüler ein Mittagessen brauchen. Nicht wegen diesem Mann wird sie es tun, ein bisschen frische Luft zu Mittag schadet nicht. So ist das. Wer den ganzen Vormittag in der Küche steht, braucht frische Luft.

7.

Paul haut mit der Hacke auf die Holzstücke, dass die Scheite nur so fliegen. Zuerst hat er vorgehabt, das Brennholz erst am Samstag zu richten – er macht es schon heute.

„Hat dich jemand erzürnt, dass du gar so dreinhaust?“ Brigitte stapelt die Scheite auf.

Er macht wortlos weiter.

„Hat beim Essenliefern etwas nicht gepasst?“

„Ich hab' mit niemandem gesprochen.“ Aber das ist es ja, weil er mit niemandem gesprochen hat. Weil sie gar nicht herausgekommen ist!

„Du brauchst eh nur noch morgen zu fahren.“

Herrgott na, diese Weiber! Das denkt er sich nur. – Auf einmal fühlt sich die Hacke schwer an, Müdigkeit erfasst ihn, seine Frau sieht er nur noch ganz verschwommen. Er schafft es noch, sich auf den Hackstock zu setzen, dann beginnt sich alles zu drehen, Dunkelheit umschlingt ihn.

„Paul …, Paul, sag etwas!“

Was ist denn? Seine Frau steht vor ihm, schaut ihn an. Er ist unendlich müde. Wo ist er denn?

„Paul, kannst du gehen? Komm, wir gehen ins Haus, du musst dich hinlegen."

Warum soll er ins Haus gehen? Er ..., er setzt sich wieder.

„Paul, dir geht es nicht gut, ich ruf' den Doktor."

Er will abwehren, Brigitte läuft ins Haus. Es geht ihm tatsächlich nicht gut. Von einer Sekunde auf die andere ist das gekommen. Er rutscht vom Stock auf den Boden und fasst sich an die Brust. Aber er sieht jetzt wieder klar. Weit oben ziehen die Wolken dahin. Langsam fühlt er sich besser.

Brigitte kommt wieder, setzt sich neben ihn auf den Boden. Dann bettet sie seinen Kopf auf ihren Schoß. Wie sie ihn tief besorgt und lieb anschaut. Brigitte, er macht es ihr manchmal schwer, und doch schaut sie so lieb. Jetzt streichelt sie sein Gesicht. Er will ihr sagen, dass er sie auch lieb hat. Er spürt eine Träne auf seiner Wange, dann noch mehr. Paul muss weinen.

8.

Es ist Inge gleichgültig, was die anderen von ihr denken. Sie steht auf, geht hinaus und erschrickt, ein fremder Mann schiebt den Wagen hinaus. Sie ist enttäuscht.

„Und ... volles Programm in der Küche?", fragt er.

„Ja", erwidert sie nur. Soll sie fragen?

„Du schaust so überrascht", sagt er.

„Nein, ich ...". Inge tritt den Rückzug an.

„Den Paul hat es gestern beim Holzhacken erwischt. Ist einfach umgefallen und weg!" Inge bringt kein Wort hervor. „Er ist in der Klinik. Wahrscheinlich kommt er durch. Wär' schade um den Paul. Auf Wiederschau'n am Montag."

Ein Bauer daheim

Die Wechseljahre des Mannes

Über die Wechseljahre der Frau ist ja schon viel berichtet und geschrieben worden, über die des Mannes weniger. Eigentlich kaum. Mir sind in letzter Zeit jedoch ein paar Betroffene aufgefallen, und ich habe mit unserem Tierarzt – der kennt sich auch bei den Menschen gut aus – einmal ausführlich darüber gesprochen.

„Ja“, hat er gesagt, „einem solchen ist der Hormonhaushalt völlig durcheinander gekommen. Da gibt es Hormone, die werden zu viel produziert, andere wiederum zu wenig. Was fatale Folgen haben kann – nicht muss, aber kann! Das schon! Passiert das einem, fühlt sich ein solcher jetzt im besten Alter! Obwohl …“, hat er gesagt, der Herr Doktor. „Das gefährdete Alter liegt zwischen vierundvierzig und achtundsechzig.“

So ist es eben, den einen erwischt es früher, den anderen später …

„Es gibt aber“, hat der Doktor noch gemeint, „recht auffällige Verhaltensmuster bei denen. Und wenn man die einmal weiß, findet man jeden heraus, den es erwischt hat.“

Und dann hat er sie aufgezählt, alle fünf Verhaltensmuster, die verraten, ob es einen erwischt hat.

Das erste Verhaltensmuster: Ein von den Wechseljahren Betroffener kleidet sich plötzlich anders. Und zwar auffallend anders! Ganz modern eben! In den letzten Jahrzehnten davor hat er gar nicht mehr geachtet auf sein Äußeres; nun tut er es aber wieder oder vielleicht zum ersten Mal in seinem Leben. Zum Abschluss kauft er sich – auch wenn er in den letzten Jahren nie mehr eine getragen hat – noch eine Krawatte, eine auffallend breite und auffallend bunte. „Das hängt damit zusammen“, sagt der Doktor, „dass Farben Signale sind für andere, vornehmlich weibliche Wesen. In der Natur ist es ja auch so: Auf die Blumen mit den schönsten Farben fliegen halt einmal die flottesten Bienen!“

Das zweite Verhaltensmuster: Ein von den Wechseljahren Betroffener hält sich mit Vorliebe mit wachsender Begeisterung dort auf, wo sich viele Personen vornehmlich des anderen Geschlechts aufhalten – Frauen wirken also anziehend auf ihn, vor allem die jüngeren und die fescheren. Er bindet sich dann eine von den neuen, auffallend breiten und auffallend bunten Krawatten um und geht – einkaufen. Dabei kauft er dann natürlich vor allem Sachen ein, über die daheim alles staunt und die kein Mensch braucht. Nicht einmal er selber.

Das dritte Verhaltensmuster: Wenn ein von den Wechseljahren Erwischter mit dem Auto unterwegs ist, fährt er – wenn das bei seinem Fahrzeug möglich ist, mit offenem Dach, zumindest aber mit offenem Fahrer- und Beifahrerfenster – mitunter auch bei Regenwetter. Stehen dann am Straßenrand Damen und warten, dann hält er an! Er nimmt dabei sogar in Kauf, dass ihm vielleicht hinten ein paar „draufrauschen“. Großzügig wechselt er ein paar Worte mit den Damen, vor allem mit den jüngeren und fescheren. Was ihm nicht schwerfällt. Er hat ja zumindest das Fahrer- und das Beifahrerfenster offen. Wenn sie dann über die Straße gehen, winkt er ihnen.

Das vierte Verhaltensmuster: Wenn es einen im Sommer erwischt, fängt dieser mit hoher Wahrscheinlichkeit an, Rad zu fahren. Er kauft sich eine knallige Radlerdress – je älter, desto bunter! – und beginnt in die Pedale zu treten. Wenn es ihn im Winter überfällt, fängt er wieder an, Schi zu fahren – auch wenn er die letzten zehn Jahre nie mehr gefahren ist. Anfangsstürze nimmt er gern in Kauf, befindet er sich nun doch wieder unter den „Wilden“ und fühlt sich auch so.

Das fünfte Verhaltensmuster: Ganz auffällig verhält sich ein solcher beim Frisör. Hat er sich in den letzten Jahren vielleicht kaum Zeit genommen, überhaupt zum Frisör zu gehen und sich die Haare daheim schneiden lassen, so nimmt er sich nun ausgiebig Zeit dafür. Wenn er womöglich ein wenig warten muss, blättert er geduldig in Illustrierten. Wenn er dann endlich drankommt, führt er mit der Frisörin intensive Gespräche. Früher haben sie meist übers Wetter gesprochen, heute behandeln sie ganz ausgefallene Themen! Auffällig ist auch, wie ein solcher dasitzt: Er spreizt die Ellenbogen weit von sich. Da streift die Frisörin dann gelegentlich! Eine kleine mit dem Bauch, eine große mit den Oberschenkeln. Das versetzt ihn in höchste Erregung! Es soll auch schon passiert sein, dass ein solcher noch ganz verzückt dasitzt, obwohl die Frisörin schon das dritte Mal sagt: „Fertig wären wir!“

Jetzt will ich nur noch einen Appell richten an jene Leserin, die vielleicht einen solchen daheim hat, schimpfen Sie nicht mit ihm, seien Sie gütig, er macht so schon genug mit – mit sich selber!

Die Reise nach Graz

Reisende: wir zwei; das heißt: die Meine und ich.

Es ist Freitag Mittag, Anfang Dezember. Schon vormittags haben wir nervös die Zeit beobachtet – langsam ist sie verstrichen. Jetzt fahren wir mit unserem Auto, einem Peugeot 305, Richtung Wörgl. Von dort werden wir mit der Eisenbahn weiterfahren. Die Karten für die Berechtigung, dass wir mit dem Zug fahren dürfen, haben wir schon vor drei Tagen gekauft. Eine halbe Stunde zu früh sind wir beim Bahnhof. Das Auto steht jetzt für die nächsten drei Tage auf dem Parkplatz für Zugreisende. Die Frau hat gewusst, das das fast nicht kostet. Wir warten im Bahnhofswarteraum. Wieder vergeht die Zeit langsam. Auch andere, vor allem junge Leute warten. Gruß fällt keiner, alle setzen sich und ziehen im nächsten Moment das Smartphone aus der Tasche. Vor gar nicht langer Zeit haben sie noch ein Handy gezückt, aber das ist längst Vergangenheit.

Wir sitzen da und schauen. Ab und zu auch auf die Uhr. Zehn Minuten vor Abfahrt des Zugs begeben wir uns auf den Bahnsteig. Ein kalter Wind bläst uns entgegen, zwei Bekannte kommen. Ein kurzes Gespräch; sie fahren auch nach Graz. Aus dem Lautsprecher ertönt die Ansage, dass unser Zug in den Bahnhof einfahren wird – was auch tatsächlich geschieht. Nervös halten wir nach Waggon 16 Ausschau. Es sind allerdings nur sieben oder acht Waggons. Also steigen wir in den sechsten ein. Wir haben zwei Fensterplätze reserviert. Im Waggon 16, Nummer 71 und 72. Die Plätze 71 und 72 finden wir auch, und lassen uns zufrieden nieder. Die Waggonnummer wird man vergessen können. Zwei Reisende sitzen bereits in unserem Abteil, noch zwei hätten Platz. Derzeit hätten sie allerdings nicht Platz, weil die zwei, die schon da sind, sich sehr ausgebreitet haben. Der Mann hat auf dem Platz neben sich eine Unmenge Gepäck aufgebaut, und die Frau hat neben sich einen Käfig stehen mit einer Katze drin. Mit einer richtigen Katze! Was tut die mit einer Katze in Graz? Oder fährt sie noch weiter bis nach Wien? Oder sogar ins Ausland? Aber warum soll ich mir da Gedanken machen?

Wir haben auch eine Katze daheim, aber diese nach Graz, Wien oder Budapest mitzunehmen, wäre mir nie eingefallen. Nicht einmal im Traum, wie man so sagt. Unsere Katze würde sich auch schön bedanken, würden wir mit ihr im Käfig auf Reisen gehen. Hat die Frau für die Katze bezahlt oder diese nur frech neben sich gestellt, damit sich sonst niemand hinsetzen kann? Wahrscheinlich liebt diese Frau Tiere mehr als Menschen. Womöglich hat sie auch noch Meerschweinchen daheim? Oder gar in einem der Koffer, über den der Mann wacht.

Wir haben auch Kühe und Kälber daheim – wir sind ja aber auch Bauern. Wenn einer Kühe daheim hat, ist das ein wesentlicher Hinweis darauf, dass der Eigentümer ein Bauer ist.

Sanft ruckt der Zug an, langsam bleiben draußen die Leute auf dem Bahnsteig und dahinter die Landschaft des Unterinntals zurück. Ein guter Lokführer, wenn man gar nicht merkt, dass es schon dahingeht.

Wir fahren ins Brixental, die große Schleife in die Windau, dann über die hohe Brücke Richtung Westendorf. Im Frühjahr, Sommer und Herbst fahren wir immer unter dieser Brücke durch, wenn wir Richtung Alm fahren. Heute fahren wir nicht Richtung Alm, weil in das Windautal die Schienen für den Zug erst gelegt werden müssen – vielleicht erleb' ich das noch!

Warm ist es im Zug. Ich begutachte das Fenster, finde aber keine Möglichkeit, es zu öffnen. Heutzutage geht ja nichts mehr problemlos auf.

„Verdammte moderne Welt!“, rutscht es mir heraus.

„Mit Fluchen geht das Fenster auch nicht auf!“ Unbestreitbare Feststellung meiner Frau.

Ja, weil es wahr ist ...

Die Katze lugt durchs Gitter heraus. Nun sieht man sie genauer. Oben auf dem Käfig hat die Frau eine Weste oder sonst ein Kleidungsstück abgelegt. Sie ist grau, die Katze, mit dunkelgrauen Streifen über den Rücken und einer weißen Nase. Eine ganz normale Katze, wie es scheint. Zwei junge Leute öffnen die Tür des Abteils, schauen kurz herein, überlegen und verschwinden dann wieder. Kein Wunder, wenn diese Frau mit der Katze keine Anstalten macht, Platz zu machen. Auch der Mann hat sich nicht gerührt und das Gepäck gelassen, wo es ist.

„Muss man für eine Katze bezahlen?“, frage ich.

„Nein“, sagt sie.

„Sie besetzt aber einen Platz.“

„Nur wenn wenige Fahrgäste sind, sonst stelle ich sie auf den Boden.“

Aha, einen Funken Anstand hat sie also doch noch. Meine Frau schaut mich strafend an. Ja, ja, ich verstehe: Ich soll mich da nicht einmischen.

In Kitzbühel steigt der Mann mitsamt seinem Gepäck aus, grußlos. Auch recht, er muss ja nicht.

Eine Frau schiebt sich ins Abteil. „Ist hier noch Platz?“ Was für eine angenehme Stimme!

Ja, es ist Platz. Sie setzt sich neben mich, um sofort wieder aufzuspringen. Eine Tasche und einen Reisekoffer hat sie mit. Beide scheinen ihr Probleme zu machen. Sie schaut und überlegt.

„Soll ich den Koffer hinaufheben?“, frage ich.

„Danke, aber der ist sehr schwer.“ Sie unterschätzt mich offensichtlich (und das gewaltig, darf betont werden), merkt aber gleich, unhöflich gewesen zu sein. „Oder doch, Sie schaffen das schon.“

Und ob ich das schaffe! Mit Leichtigkeit stemme ich ihn nach oben. Bewundernd schaut mir die fremde Frau zu, die meine sagt allerdings nichts, ihr Blick aber spricht Bände. Ja, ja, ich weiß: Man muss sich nicht jeder Frau als Helfer aufdrängen!

Die sanfte Stimme aus dem Zuglautsprecher sagt, dass wir „in Kürze“ St. Johann in Tirol erreichen werden. Auch in Englisch wird das gesäuselt. Solche Meldungen gibt es jetzt vor jedem Halt. Neben einem nicht unerheblichen Reisekomfort haben die Bundesbahnen sogar ein paar freundliche Worte für ihre Fahrgäste übrig – ja doch, man bemüht sich schon um die Kundschaft.

Die Frau mit der Katze telefoniert. Obwohl ich nicht zuhöre, verstehe ich alles. Sie spricht mit einer Bekannten oder Verwandten in Graz. Ulrike heißt die. Ich schau' beim Fenster hinaus, trotzdem erfahre ich, dass die Katze Jessica heißt, und dass die auch dabei ist. Ja, von mir aus – also bis zu unserem Endziel, bis Graz, fahren die beiden auch. Die Frau und die Katze ... fünf Stunden im Zug .... hoffentlich muss die Katze nicht einmal! Das würde man dann wohl auch riechen.

„Entschuldigung“, sagt die neue Frau, „ich habe da mal zwei Fragen.“ Erwartungsvoll schau' ich sie an. „Ich weiß, es ist eine Zumutung, aber fragen darf man doch, oder?“

„Freilich, fragen Sie nur.“

„Ich würde gern auf meinem Laptop arbeiten, der Akku ist aber fast leer …"

Ja und, denke ich mir.

„Die Steckdose ist dort", sie zeigt über meine Beine zur Wand des Abteils. „Ich weiß, es klingt frech, aber würden Sie mit mir Platz tauschen?"

Aha – das hätte sie gleich sagen können. Ein warnender Blick meiner Frau streift mich nicht, er trifft mich voll. Aber darf ich nicht Mitgefühl mit anderen haben? Ich bevorzuge zwar einen Fensterplatz, damit mir nicht an der ersten Kurve schlecht wird, aber … Wenn in nun ablehne, wird sie in einer Stunde vielleicht fragen, ob sie das Kabel über meine Beine legen darf. Treuherzig schaut sie mich an. „Ja, tauschen wir," sage ich.

Jetzt fahren wir durch Hochfilzen, das Dorf im Pillerseetal, wo im Winter Biathlonbewerbe abgehalten werden. Einmal, vor einigen Jahren, haben wir zugeschaut. Bah, da knallte und krachte es! Tausende Leute schauten zu, und das Ganze war richtig spannend. Wenn einer auf der Loipe schnell ist, heißt das noch lange nicht, dass er auch gewinnt. Man muss treffen auch noch, deshalb schleppen die alle ein Gewehr mit sich herum. Meiner Ansicht nach grenzt es fast an ein Wunder, dass noch nie ein anderer Athlet oder ein Zuschauer getroffen worden ist.

Jetzt sind wir im Pinzgau unterwegs, also Salzburg. Salzburg ähnelt Tirol – jedenfalls von der Landschaft her. Ein gepflegtes Land, Häuser und Betriebe sind in gutem Zustand. Letztes Jahr bin ich mit einer Bekannten einmal weit in den Osten gefahren. Dort schaute es weit weniger gepflegt aus: halbverfallene Gebäude und hinter jedem Betrieb ein Müllhaufen. Die Leute waren aber freundlich.

Die Frau mit der Katze und die Meine schlafen jetzt. Auch ich hab' zu kämpfen, dass ich munter bleibe. Es würde wohl blöd ausschauen, wenn ich neben der Schönen mit dem Laptop einschlafen sollte. Verstohlen werfe ich manchmal einen Blick hinüber. Sie arbeitet und scheint nichts zu bemerken. Was ist das überhaupt für eine? Eine Lehrerin? Eine Politikerin? Eher Politikerin. Eine Lehrerin hätte nicht so viel Gepäck mit. Eine Politikerin wird sie sein, auf dem Rückweg nach Wien. Die hat in Vorarlberg oder Tirol – für sie im Westen – einen Vortrag gehalten.

Da entdecke ich etwas. Auf dem Papier, das sie manchmal in die Hand nimmt, stehen links oben drei Buchstaben: ÖGB. Oha, Österreichischer Gewerkschaftsbund! Eine solche ist das also. Ich nehme mir vor, ab sofort nicht mehr hinüber zu schauen.

Wo sind wird denn jetzt? Draußen ist es dämmerig geworden. Habe ich vielleicht doch geschlafen? Meine Frau isst eine Mandarine. „Magst du jetzt auch etwas?“, fragt sie, als sie merkt, dass ich zu ihr schaue.

„Wurstsemmel ...?“

„Ja, Wurstsemmel.“ Wir haben Jause mit. Die Frau hat gestern noch daran gedacht. Es gäbe schon auch im Zug etwas, aber das hieße, das Geld mit beiden Händen beim Fenster hinauszuwerfen – auch wenn das Fenster nicht aufgeht.

„Warum lachst du?“ Meine Frau.

„Ach..., nur so“, sage ich.

Draußen schneit es, und das ganz ordentlich. „Selzthal“, schmeichelt die Zugstimme im Zug – und dass wir dort „in Kürze“ einige Minuten stehen werden wegen ...

Aha, das ist ein Kopfbahnhof, bei dem die Züge dann rückwärts wieder herausfahren. Oder sie spannen hinten eine Lok davor, dann ist hinten automatisch wieder vorn. Wir sind schon zweimal nach Wien gefahren, deshalb weiß ich das alles. Also tausche ich mit meiner Frau den

Platz. Wir sind uns gegenüber gesessen. Ich muss in die Fahrtrichtung schauen, meiner Frau ist es egal, in welche Richtung der Zug fährt.

Der Schaffner steckt den Kopf ins Abteil und sagt, dass ab …, wie?, ab dem nächsten Bahnhof halt, das Abteil reserviert sei. Das gefällt uns jetzt weniger. Wir haben unsere Plätze doch auch reserviert. Die ÖGB-Frau packt zusammen und geht. Wir lassen es darauf ankommen. Wozu reservieren und ein paar Euro draufzahlen, wenn es dann nicht gilt? Auch die Katzenfrau verabschiedet sich. Schöne Tage in Graz wünscht sie uns. Woher weiß die überhaupt, dass wir bis Graz fahren? Wir haben doch gar nichts geredet mit ihr? Oder doch? Womöglich haben sich die Frauen ausgetauscht, während ich geschlafen habe?

Die Steiermark ist aber groß. Wie lange fahren wir denn schon? Komisch, jetzt fällt es uns wieder ein. Schladming haben wir vor einiger Zeit passiert. Schladming, eine Hochburg für Skifahrer. Und die Reiteralm. Dort trainieren unsere Besten manchmal. Ich hab' das alles wahrgenommen, obwohl ich im Halbschlaf vorbeigefahren bin. Jetzt geht es wieder dahin. Eine Frau mit Saft-, Kaffee- und Jausenwagen zwängt sich durch den Gang, steckt freundlich den Kopf ins Abteil und weiß – ohne, dass wir es ihr sagen –, dass wir auch diesmal nichts brauchen. Freundlich schließt sie die Tür. Sollte so eine einmal „durchdrehen" und auf die Reisenden mit den Fäusten losgehen, ich könnte das verstehen. Da fährt sie den ganzen Tag mit ihrem Wagen im Zug vor und zurück, zwängt sich durch hunderte Reisende, und kein Mensch kauft etwas.

Nun esse ich die zweite Wurstsemmel. „Und zu trinken haben wir auch etwas – oder?" Ja, haben wir: einen Almdudler. Sehr gut! Warum verspüre ich nun leichte Kopfschmerzen? Wahrscheinlich, weil es draußen dunkel ist.

Da sieht man nichts mehr. Meine Augen brauchen immer etwas, woran sie sich festhalten können. Herinnen ist zwar alles hell erleuchtet, aber – ich habe das Gefühl, wir schaukeln dahin wie eine Gondel in Venedig. Verwunderlich ist es nicht, dass dir da manchmal die Augen zufallen.

Gib Ruh! Was will sie denn? Herrgottna!

Meine Frau klopft mir auf die Schulter: „Wir müssen gehen."

„Was? Warum"? Dann sehe und begreife ich. Wir müssen das Abteil räumen. Zwei junge Leute, zwei Kinder und zwei Alte drängen in unser Abteil.

„Ja, Herrgottna, was wollen …?"

„Sag nichts", mahnt die Meine. Wortlos nehmen wir unser Gepäck und übersiedeln in den Gang. „Die haben das ganze Abteil reserviert", sagt sie.

„Und wir?"

„Wir gehen in einen anderen Waggon."

Im dritten Wagen nach hinten zu ist Platz genug. Der ist allerdings nicht mehr abgeteilt, man sieht von ganz vorn bis ganz hinten.

„Welchen Platz nehmen wir jetzt?" will ich wissen.

„Wart, ich schau' noch." Nun schaut sie auf die Nummern der Sitze. „Das sind unsere Plätze."

„Woher willst du das so genau wissen?"

„Das sind die Plätze 71 und 72."

Aha, auch in diesem Waggon gibt es 71 und 72. Langsam dämmert es mir. „Dann sind wir im falschen Waggon gesessen."

„Ja", bestätigt sie. Sie hat nämlich seit Wörgl gewusst, wo wir sitzen.

„Na ja …", mehr sage ich nicht, schließlich bin ich ein friedliebender Mensch. Jetzt haben wir neue und mehrere

Sitznachbarn. Die meisten sind junge Leute, und natürlich telefonieren sie alle.

Sind wir nicht bald da? Die Uhr zeigt sechs, um halb sieben sollen wir in Graz sein. Also trennt uns noch eine halbe Stunde davon. Wieviel sind das wohl Kilometer? Dreißig? Vierzig? Eigentlich ist es egal. Wir sitzen im warmen Zug. „St. Michael in der Obersteiermark", flötet die Zugstimme. Wieder erscheint der Schaffner, ein freundlicher Mann. Das erste Mal hat er uns zwar unsere Karten gezwickt, aber das muss er wohl. Was will er denn jetzt? „Weil ein Baum auf die Strecke gefallen ist, müssen wir im nächsten Bahnhof warten." Na bravo, auch das noch! Aber kein Wunder bei dem Wind und dem Schneefall.

Warten wir halt.

Ein kurzes Weilchen ist es still im Zug, dann telefonieren alle ausnahmslos weiter. Außer wir zwei. Wenn es länger dauern sollte, hat auch meine Frau ein Handy mit. Ja, den zweien – dem Sohn und seiner Freundin – werden wir es sagen müssen, die holen uns vom Bahnhof ab. Die beiden kommen aus Wien, gemeinsam wollen wir drei Tage in Graz verbringen. Eine junge Frau, dem Aussehen nach eine Französin – dass sie nur gebrochen Deutsch spricht, habe ich vom Telefonieren her gemerkt – nützt die Pause, um sich noch einmal schön zu machen. Aus ihrer Tasche holt sie ein Täschchen mit den Utensilien, die man dafür braucht: ein winzig kleines Spiegelchen, Lippenstift und so weiter. Aber kann sich eine, die schon schön ist, noch schöner machen? Verstohlen blickt sie um sich. Ich tu', als würde ich schlafen und nichts bemerken. Zuletzt sprüht sie sich aus einem kleinen Döschen etwas in den Ausschnitt. Da kann sich aber einer freuen, wenn die ankommt! Da wird es rundgehen! Ich muss jetzt wegschauen, um auf andere Gedanken zu kommen.

Die Lavendelstimme aus dem Lautsprecher hilft mir dabei: „Leider können wir Ihnen keine genauen Informationen geben. An der Behebung des Schadens wird jedenfalls gearbeitet.“ Verständlich, wenn man nichts weiß, kann und soll man nichts weitersagen. Vom Gefühl her stelle ich mich auf eine längere Pause ein. Der Baum – der wäre doch gleich weggezogen vom Gleis. Wahrscheinlich hat er die Oberleitung beschädigt. Nun betätigt auch die Meine das Handy. Ein junger Bayer neben ihr telefoniert mit einem Freund, zuletzt sagt er: „Es freut mich, dass ich dich angerufen habe.“ Ich schmunzle: Ob es den anderen auch gefreut hat?

Eine gute Stunde stehen wir schon. Nur gut, dass wir für den Abend keinen Theaterbesuch vereinbart haben, sonst hätten wir jetzt ein echtes Problem. Andere haben schon eines. Der Bayer beschwert sich nun sogar bei den Obersten der Bahn. Zuletzt kriegt er eine Zusage für eine Freifahrt mit dem Taxi. Er versäumt durch dieses Warten nämlich den Anschlusszug in Graz nach …? Das habe ich jetzt nicht verstanden. Jedenfalls will er seine Freundin Maria mit seinem Erscheinen noch heute überraschen. Der Bayer genießt es offenbar, dass man ihm zuhört. Langsam wird das Mithören aber fad.

Eine Lok mit einem Einsatzwagen und ein paar Arbeitern drauf fährt vorbei. Das wird, wie es aussieht, noch dauern. Nach fast zwei Stunden kommt die nächste Durchsage: „… wird in unbekannter Zeit, aber in Kürze fortgesetzt.“ In unbekannter Kürze soll die Fahrt fortgesetzt werden. Das haben sie schön formuliert – in unbekannter Zeit, aber in Kürze! Dann kann die Kürze auch lang werden, weil sie ja unbekannt ist. Einige Fahrgäste schimpfen nun offen über die Bahn.

Plötzlich, man merkt es kaum – wieder dieses sanfte Anfahren – unser Zug rollt wieder! Mit etwa zwei Stunden Verspätung erreichen wir Graz.

Richtung Europaplatz, weiß die Meine, müssen wir gehen, dort warten unsere zwei. Tatsächlich finden wir sie. Nach dem Abendessen im Gasthof „Zu den drei goldenen Kugeln" begeben wir uns ins Hotel, das nur fünf Minuten vom Bahnhof entfernt ist und wo ich bei viel zu hohen Temperaturen und einem leichten Dauersäuseln schlecht schlafe. Ich bin froh, als endlich der Morgen anbricht. Wir frühstücken ausgiebig und nehmen den neuen Tag in Angriff.

Wir nehmen uns ein Mietauto. Nach sechzig Kilometer Fahrt in die Südoststeiermark stehen wir vor der Zotter Schokoladen Manufaktur. Hunderte Besucher warten auf Einlass. Gott sei Dank, die Jungen haben reserviert, sonst wären wir gar nicht hineingekommen. Auf dem Rundgang durch die Fabrik darfst du alle paar Meter Schokolade in verschiedenen Geschmacksvarianten kosten. In einem Raum fahren dir kleine, mit Schokolade gefüllte Modellgondeln um Nase und Ohren, sodass sich niemand dagegen wehren kann, das Täfelchen seiner Wahl von einem wartenden Ober in warme Milch tauchen zu lassen und den milchigen Brei genüsslich zu schlürfen. Über hundert Menschen finden bei Zotter Arbeit. Auf der Rückfahrt wollen wir die imposante Riegersburg besuchen, die um diese Zeit jedoch geschlossen ist.

Zurück in Graz gehen die drei in die Stadt Weihnachtsmärkte besuchen, ich mache ein Mittagsschläfchen. Und diesmal habe ich tatsächlich ein Weilchen geschlafen. Als wir uns später wieder treffen, behaupten die Frauen, dass die Weihnachtsmärkte in der Stadt Jahrmärkten ähneln, eine weihnachtliche Stimmung wie bei uns daheim hat nicht recht aufkommen wollen. Schnee liegt allerdings auch keiner. Danach zeigt sich Graz aber sehr wohl von seiner besten Seite. Wir steigen auf den Schlossberg zum Grazer Uhrturm hinauf. Hunderte in den Stein gehauene Stufen winden sich nach oben. Der Ausblick auf Graz ist gewaltig. Um den ganzen Berg herum erstreckt sich die Stadt. Vom Uhrturm geht es noch ein wenig bergauf. Ganz oben bieten die Kasematten genügend Platz für einen richtigen Weihnachtsmarkt. Schauend, staunend, kostend genießen wir den Rundgang. Graz ist ein Lichtermeer …

Beim Wirt „Zu den drei goldenen Kugeln" lassen wir den erlebnisreichen Tag bei guter Kost ausklingen. Die Nacht im Hotel ist wieder sehr warm, allerdings ein bisschen kürzer. Habe ich tatsächlich mehr geschlafen?

Es ist Mittag. Wir sitzen in der Bahnhofshalle und warten auf unseren Zug. In einer halben Stunde fährt er. Wir sind aber lieber früh genug da. Sicher ist sicher! Die Jungen sind soeben nach Wien abgefahren. Für die Jause hat die Meine bereits vorgesorgt, also sitzen und schauen wir nur. „Komm", sagt die Meine. „Der Zug ist da!"

Der Lokführer versteht sein Handwerk! Ohne den kleinsten Ruck setzt er den Zug in Bewegung. Schön ist sie, die steirische Landschaft. Bei der Herfahrt hab' ich sie nicht gesehen, weil es schon zu dunkel war. Eine freundliche Schaffnerin kontrolliert und zwickt unsere Fahrkarten. Von einer Schaffnerin hab' ich noch nie gehört. Es ist schon so: Langsam, aber sicher erobern die Frauen alles. Wo das hinführt?

Ich sitze am Fenster, in Fahrtrichtung. Diesmal werde ich meinen Platz nicht tauschen – mag die darum bittende Frau auch noch so schön und sogar ÖGB-Funktionärin sein! Ich richte mich, um ein Weilchen zu schlafen, was gar nicht so einfach ist. Ich versuch' es trotzdem.

Plötzlich werd' ich wachgerüttelt. „Sei still", zischt die Meine. „Du redest ja im Schlaf!"

„Was hab' ich geredet? Wo sind wir denn?"

„Im Zug", sagt sie.

Im Zug! Fast muss ich lachen, natürlich sind wir im Zug – wo wir umgehen, hab' ich gemeint. „Sind wir noch in der Steiermark oder schon in Salzburg oder vielleicht gar schon in Tirol?"

Sie weiß es nicht. Sie hat etwas gelesen. Womöglich sind wir schon in Vorarlberg? Auf nichts kann man sich verlassen. Da schläft man ein Weilchen ein, und schon weiß kein Mensch mehr, wo wir umgehen. Laut geredet soll ich haben im Schlaf? Dass ich nicht lache! Ich rede nie, während ich schlafe. Das hat *sie* geträumt; mit Sicherheit. Ich werde jetzt Obacht geben, wo wir vorbeifahren; ich muss wissen, wo wir sind. Eigentlich ist sie leichtsinnig, die Meine; es interessiert sie gar nicht, wo wir uns befinden.

Halt, was ist das? Ich fahre rückwärts! – Selzthal! „In Selzthal fährt der Zug rückwärts aus dem Bahnhof! Wenn du nicht geschlafen hättest, hätten wir gleich den Platz tauschen können." Selzthal, wir sind also noch in der Steiermark. Nach dem Platztausch schau' ich wieder nach vorn, und Hunger hab' ich auch. Manner-Schnitten gibt es, ein bisschen trocken wird das werden. „Magst du?" Die Meine reicht mir eine Flasche Sprite. Fast sollte ich sie loben. Kann sie Gedanken lesen?

Schön ist eine Zugfahrt schon. Man braucht nicht zu lenken, nicht Gas zu geben, nicht zu bremsen. Draußen liegt wieder Schnee. Ein junger Mann schiebt seinen Getränkewagen durch den Zug. Er hat allerlei anzubieten: Kaffee, Getränke, Wurstsemmel, Schnitten … Wir schauen uns an und dann beim Fenster hinaus. Die Steiermark ist ein großes Land. Da liegen die Bahnhöfe so weit auseinander, dass man bei uns in dieser Zeit schon in Salzburg oder Vorarlberg wäre. Radstadt, aha, das ist jetzt schon Salzburg. Die Stimme aus dem Bordlautsprecher verweist auf das „Bordservice", wie sie es nennt. Dass man dort zu essen und zu trinken kriegt.

„Gib mir einen Faschingskrapfen." Zuerst habe ich gesehen, dass wir auch das haben. Weil der Ober mit seinem Wagen weg ist, verspeisen wir beide genüsslich den Krapfen. Langsam beginnt es zu dämmern, oder? Jetzt werde ich von Salzburg nach Tirol nicht mehr viel sehen. Bei der Hinfahrt ist es genau umgedreht gewesen. Daheim beginnt nun die Stallarbeit. Ob „Silber" inzwischen gekalbt hat? Auch Salzburg ist groß. Aber ins Salzburgerische ist man doch schon ein paar Mal gekommen, deshalb wirkt es etwas bekannter. Letzten Sommer sind wir mit Bekannten ganz drinnen im Windautal „übers Joch gezogen" und im Handumdrehen im Pinzgau gewesen. Immer bekannter werden die Orts- und Städtenamen, die vorbeiflitzen, und dann sind wir in Tirol.

Recht klein ist so ein WC im Zug, nicht die Klomuschel, sondern der Raum. Aber es ist alles da, was man braucht. Daheim haben wir ein viel größeres. Aber eigentlich ist es unnütze Raumverschwendung. Erst jetzt wird mir das bewusst. Da müssen wir nach Graz fahren, damit ich draufkomme, dass wir ein zu großes Klo haben. Dafür verschwenden sie in den Grazer Hotels viel zu viel Energie an die Heizung. Bevor wir abgefahren sind, habe ich es dem Portier – er ist Spanier – gesagt. „Um zehn Grad weniger wäre angenehmer gewesen." Bevor ihm eine Ausrede eingefallen ist, sind wir gegangen.

Ich stehe auf und kontrolliere, ob unser Koffer noch da ist. Er ist es, aber hoch hinauflangen muss man schon. Das müsste man denen bei der Bahn einmal sagen, dass die

Kofferablageflächen falsch konstruiert sind. Frauen langen da fast gar nicht hinauf. Mehrmals ist mir das während der zwei langen Zugfahrten aufgefallen. Und wenn dann der Koffer oder die Reisetasche auch noch schwer ist? Außerdem: Koffer oder Taschen von Frauen sind immer schwer! Die nehmen, wenn sie drei Tage verreisen, Zeug für drei Wochen mit! Der Koffer der Gewerkschafterin von der Hinreise war auch schwer.

Jetzt bin ich richtig froh, wenn wir wieder daheim sind. Drei Tage in der weiten Welt draußen, sind für einen Altbauern fast ein Albtraum. Aber schön war es. Auch die Meine schläft mit zufriedenem Gesichtsausdruck.

In Wörgl sind wir eingestiegen, und in Wörgl steigen wir aus. Die Parkgebühr fürs Auto beträgt nur sechs Euro, allerdings sind die Scheiben vereist. Da wir uns noch immer keinen neuen Eiskratzer zugelegt haben – der alte ist letzten Winter abgebrochen –, muss ich tatsächlich noch fluchen. Weil wir zusammenhelfen, bekommen wir dann doch eine kleine Stelle frei, die, bis wir daheim sind, etwas größer geworden ist. Müd, aber innerlich gewachsen, rollt der Peugeot mit uns in die Garage. Den Koffer trage ich morgen ins Haus.

Almsommer

Der heurige Almsommer – übrigens mein fünfundzwanzigster – war ein guter. Ich habe den ganzen Sommer kein einziges Mal den Tierarzt gebraucht (für das Vieh!).

Wenn die Bayern Ferien oder ein verlängertes Wochenende haben, wird es belebt auf unseren Bergen. Sie erklimmen samt ihren Begleiterinnen die höchsten Berge, kehren auf Hütten und Almen ein und ähneln dem Wesen nach mehr uns Tirolern als den Deutschen. Ein klares A können sie allerdings nicht aussprechen. Was ich wirklich schade finde.

Ein Wanderer hat sich beschwert, dass er ständig in Kuhscheiße getreten ist. Weil er wahrscheinlich hungrig, durstig und müde gewesen ist, habe ich ihm mild geantwortet: Erstens macht ein halbwegs Normaler beim Gehen die Augen auf, und zweitens dürfen Kühe etwas fallen lassen, wann und wo sie wollen, weil sie auf der Alm Vorrang haben vor den zweibeinigen Rindviechern.

Einer ist mit dem Rad heraufgefahren bis zum Wegende und hat dann gefragt, wie lang er bis zum Berggipfel – das ist der Lodron – braucht. „Zu Fuß", hab' ich ihm geantwortet, „zu Fuß eine Stunde, mit dem Rad etwas länger." Fast vergnügt hat er daraufhin das Rad geschultert und ist losmarschiert. Zuvor hat er mir noch erklärt, dass er das Rad am liebsten trage. Und ich weiß bis heute nicht, ob ich ihn bewundern oder bedauern soll.

Vier Männer näherten sich der Almhütte und wollten wissen, was ich ihnen zum Trinken anbieten könne. Ich zählte auf: Kuhmilch, Buttermilch und Ziegenmilch, Ribiselsaft und frisches Bergwasser. Drei haben zu überlegen begonnen, der Vierte schien etwas verärgert: „Nein, so weit fehlt es bei uns noch nicht, dass wir Wasser trinken müssten. Wir haben noch auf jeder Tiroler und bayrischen Alm Bier bekommen – und zwar in der richtigen Temperatur und Menge."

Darauf habe ich die Hüttentür zugemacht und gleichzeitig gesagt: „Männer, gar nichts gibt es heute zu trinken." Der Nachbarsenner hat mir drei Tage später erzählt, er habe vier Männer mit seiner letzten Kiste Bier vor dem Verdursten retten müssen, weil sie bei mir nicht einmal Wasser gekriegt hätten.

Als wenig später ein durstiger Wanderer anständig um ein Bier gefragt hat, hab' ich ihm eines gegeben. Nachdem er ausgetrunken hatte, hat er noch einmal dasselbe verlangt. Dasselbe habe ich ihm aber nicht geben können, weil er es ja soeben getrunken hatte. Eine gleiche Flasche derselben Marke habe ich ihm hingestellt, und er hat es getrunken, ohne zu merken, dass es nicht dasselbe war.

Kirchdachraum-Ausräumen

Ausgelöst durch ein – sicher vom Pfarrer ausgelöstes – Rundschreiben des Bürgermeisters treffen zur vereinbarten Zeit am Ort des Geschehens, eben dem Dachraum in unserer Kirche, nach und nach folgende Leute ein: drei Bauern, zwei Nebenerwerbsbauern, zwei Bergbauern, drei Jungbauern sowie zwei Hausbesitzer, zwei Arbeiter, ein Angestellter, ein Studierter, ein Versicherungsinspektor, außerdem ein Rentner, ein Pensionsbezieher und ein Großvater. Polizist ist keiner dabei, auch der Lehrer fehlt – er ist durch seine Tätigkeite als Schuldirektor verhindert.

An Werkzeugen wurden angekarrt und in den Dachraum getragen: vier Spitzschaufeln, eine Schneeschaufel, eine Wasenhaue, zwei Pickel, sieben Kübel, drei Besen, ein Flachmeißel, eine Motorsäge, eine Maurerkelle und ein sogenanntes „Schlögä". Den Gemeindetraktor mit Anhänger haben wir unten gelassen. Szene wird durch zwei Scheinwerfer gespenstisch erleuchtet.

8 Uhr 41: Die Arbeit beginnt. Durch ein aus zwei zusammengefügten Rohren bestehendes Rohr, das durch eine eigens angefertigte Öffnung in den Kirchendachraum eingeführt wurde, lassen wir einen großen Haufen Schutt und eine riesige Wolke von Staub hinunter.

10 Uhr 03: Kathi erscheint mit Hofbauer-Vater und Jause. Außer dem Jausenkorb und einer leeren Schnapsflasche wird nichts übriggelassen.

11 Uhr 14: Die Arbeit wird fortgesetzt, der Dachraum genau erkundet. Der Längste und Dürrste von uns – er ist einer der Jungbauern – wird an einem Strick in ein dreimal so langes Loch gelassen. Einige Verwegene steigen inzwischen auf den Glockenturm und bewundern den großen Klachl.

12 Uhr: Das Mittagsgeläute ist gut zu hören. Gegen die beginnende Mittagspause hat niemand etwas – endlich gibt es etwas zu futtern.

13 Uhr 22: Die Arbeit wird wieder aufgenommen. Dazu braucht es einen, der unten aufpasst, dass niemand zu Schaden kommt. Die harmlos aussehende Arbeit ist gar nicht so einfach. Der Aufpasser muss auf vorbeigehende Fußgänger und vorbeifahrende Autos, aber auch auf sich selbst aufpassen. Sehr gefährlich wäre zum Beispiel, durchs Rohr hinaufzuschauen, gänzlich ungefährlich ist es dagegen im umgekehrten Fall.

13 Uhr 58: Der Mann von unten winkt ab und meldet Verstopfung. Untätiges Warten durch einen längeren Zeitraum ist die Folge.

14 Uhr 44: Der Aufpasser von unten gibt das Zeichen, dass es wieder geht. Allgemeine Erleichterung macht sich breit, dann geht oben und unten das Schaufeln und Werken munter weiter. Gott sei Dank, sonst hätte man womöglich das ganze Rohr auseinandernehmen und grundreinigen müssen, was sehr viel Zeit in Anspruch genommen und den Männern vielleicht die Freud' an der Arbeit genommen hätte.

15 Uhr 23: Der Wagen muss wieder entleert werden. Für die oben also Verschnaufpause. Der Staub kratzt im Hals. Weil der Pfarrer nicht vorhanden ist, kann jedoch ungeniert gehustet werden. Die Nachmittagsverpflegung ist sehr gut. Die Pfarrerköchin hat Wein geschickt, eine Wirtin Schnaps. Nach dem Wegräumen des Schutts zeigen sich kleine Risse im Mauerwerk. Wegen Einsturzgefahr werden die schönsten zwei Männer mit Stricken an der Dachkonstruktion gesichert.

15 Uhr 57: Ein kräftiger Bauer zerkleinert mit der Wasenhaue schon im Dachraum eine Menge Holz.

16 Uhr 07: Die Arbeit wird – etwas verspätet – beendet. Zirka sechs Zentner Schutt sowie sowie ein Zentner „Maus"- beziehungsweise „Fledermausbeal" sind ver-

räumt worden. Von der berühmten armen Kirchenmaus hat sich nichts gefunden. Man vereinbart, dass die Arbeit morgen um ca. 8 Uhr 07 fortgesetzt werden soll.

Das Kirchendachraum-Ausräumen ist deshalb angesetzt worden, weil unten drin die richtige Kirche endlich renoviert worden ist und man in der allgemeinen Euphorie auch diese staubige Arbeit nicht gescheut, sondern mutig in Angriff genommen hat. Gesehen haben und hätten die Messbesucher die dicke Staubschicht und die vielen Fledermausbeal allerdings nie, weil die Kirchenkuppel unten von oben trennt. Dieser Schweiß ist für die Kirche gern geopfert worden.

Fehldiagnose

Wegen Schmerzen in der rechten Schulter bin ich vom Hausarzt ins Bezirkskrankenhaus geschickt worden. Dort sind sie auf Schulterbeschwerden spezialisiert. Nach einer Röntgenaufnahme von allen Seiten bin ich nach langer Wartezeit endlich zum Arzt vorgelassen worden. Er forderte mich auf, ihm meine Beschwerden zu schildern.

Also habe ich ihm erklärt, dass ich mir vor zehn Jahren bei der Waldarbeit das Genick verletzt habe und die Schmerzen in der Schulter möglicherweise von daher rühren. Der

Arzt hat mir wortlos und, ohne eine Miene zu verziehen, zugehört und daraufhin die Höchststrafe verpasst. „Da werden wir die Schulter operieren müssen!“, hat er mitleidslos gesagt und dabei sogar ein bisschen geschmunzelt.

Ich habe keine fünf Sekunden Bedenkzeit gebraucht, um ihm die Antwort zu geben, die ich als die allein richtige empfand: „Nein, da werden wir nicht gleich operieren“! Dann bin ich aufgestanden und gegangen.

Erst im Nachhinein habe ich begriffen, dass ein Arzt die Diagnose selber stellen will.

Studie

Sehr geehrte Damen und Herren!

In den vergangenen Wochen habe ich mir die Mühe gemacht und eine wissenschaftliche Studie über das Phänomen Tupper-Party ausgearbeitet. Ich habe Sie eingeladen, auf meine zehn Fragen ehrlich und gewissenhaft zu antworten. Das haben Sie dankenswerterweise mit Freude getan. Von den an der Studie beteiligten Damen waren zwei mit mir oder meiner Gattin verwandt, zwei mit mir oder meiner Gattin bekannt, vier Nachbarinnen aus unserer unmittelbaren Umgebung und zwei (vorerst) Unbekannte. Meine Frau habe ich ausgenommen, weil sie grundsätzlich wenig hält von solchen Partys und auch nur ganz selten solche besucht. Deshalb haben wir auch wenig von dem Zeug daheim – nur zwei Küchenkästen voll und eine Schublade. Das sind allerdings nur Sachen, die man in einem Haushalt unbedingt braucht. Der letzte Artikel, den meine Frau bestellt hat, ist der VVAPKA, der vollbiologische vollautomatische Apfelputzenkernausstecher. Die Vorteile dieses Artikels alle aufzuzählen, würde aber den Rahmen meines Vortrags sprengen.

Nun zu den Fragen und deren Beantwortung:

1. Frage:
Sagt Ihnen der Begriff Tupper-Party etwas?
100 Prozent haben mit Ja geantwortet.

2. Frage:
Sind Sie schon einmal auf einer solchen Party gewesen?
100 Prozent haben wieder Ja gesagt.

3. Frage:
Haben Sie selbst schon eine solche Party veranstaltet?
80 Prozent haben mit Ja geantwortet.
20 Prozent meinten, gern eine solche veranstalten zu wollen, aber vom Gatten daran gehindert zu werden.

4. Frage:
Warum haben Sie an einer solchen Party teilgenommen?
80 Prozent wollten einen unterhaltsamen Abend erleben.
10 Prozent waren neugierig auf neue Artikel.
10 Prozent wollten bloß von daheim wegkommen, ohne dass der Gatte bestimmt, wohin und wie lang.

5. Frage:
Haben Sie bei einer solchen Party etwas Nützliches für Ihren Haushalt gesehen oder auch schon einmal bestellt?
100 Prozent haben wieder mit Ja geantwortet.

6. Frage:
Was sagt Ihr Mann, wenn Sie eine Tupper-Party besuchen oder eine solche selbst veranstalten?
60 Prozent haben gesagt, der Mann zeige wenig Begeisterung.
10 Prozent haben behauptet, der Mann sei dagegen.
10 Prozent haben gemeint, der Mann erfahre es gar nicht.
20 Prozent haben gesagt, es sei ihnen „sowas von egal", was der Mann sagt.

7. Frage:
Welches Gefühl haben Sie auf dem nach-Hause-Weg von einer Tupper-Party?
70 Prozent haben behauptet, ein seelisches Hochgefühl zu verspüren.
10 Prozent haben sich gefreut, ein Schnäppchen ergattert zu haben.
10 Prozent haben sich auf den Mann gefreut.
10 Prozent hofften, dass der Alte schon schläft, wenn sie daheim eintreffen.

8. Frage:
Entstehen durch eine Tupper-Party Belastungen für die Haushaltskassa?
80 Prozent haben zugegeben – ja, ein bisschen.
10 Prozent haben gestanden – ja, ein bisschen mehr.
10 Prozent haben behauptet – nein, überhaupt nicht.

9. Frage:
Hat eine Tupper-Party kleinere oder größere Auswirkungen auf das Eheleben?
70 Prozent der Frauen haben gesagt, eine Tupper-Party habe keinen Einfluss auf das Eheleben.
20 Prozent haben behauptet, eine solche Party habe einen guten Einfluss auf das Eheleben; allerdings erst einige Tage (Nächte) danach, wenn der Mann eingesehen hat, dass der neu bestellte Artikel auch unbedingt gebraucht wird. Er freut sich dann auch mit!
10 Prozent haben gemeint, sie haben keinen Mann, somit auch keine Ehe, und keinen Einfluss darauf.

10. Frage:
Sind Sie ein glücklicher Mensch?
100 Prozent haben mit Ja geantwortet.

Herzlichen Dank für die Aufmerksamkeit!

Abgelehnt

Für einen plötzlich verstorbenen weitschichtig Verwandten sind wir letzten Donnerstag mit dem Auto zur Beerdigung gefahren und haben dieses im Marktbereich auf einem Parkplatz abgestellt. Mitten unter der Totenmesse ist mir in der Kirche dann eingefallen, dass ich vergessen habe, die Parkscheibe einzustellen und so hinzulegen, dass man sie von außen gut ablesen kann. Da ich zwischen anderen Leuten eingekeilt gewesen bin, das Verlassen der Kirche also enorm aufgefallen wäre, und das Unheil wahrscheinlich sowieso schon seinen Lauf genommen hat, bin ich einfach sitzen geblieben. Meine Andacht habe ich allerdings nicht mehr ganz aufrecht erhalten können.

Nach eineinhalb Stunden ist die ganze Zeremonie zu Ende gewesen, und ich bin nicht einmal erschrocken, als wir einen hinter den Scheibenwischer geklemmten Zettel gefunden haben. Eine kleine Szene, aufgeführt von meiner Frau, habe ich allerdings ertragen müssen. Danach bin ich zur nur dreißig Meter entfernten Wachstube der Polizei gegangen und habe dem Polizeibeamten meine Lage zu erklären versucht: „Herr Inspektor, es ist sonst nicht meine Art, die Gesetze zu missachten. Dieser plötzliche Todesfall des nahen Verwandten hat mein Denken und Handeln jedoch so beeinträchtigt, dass ich dann eben die Parkscheibe vergessen habe." Der Polizeibeamte hat sich nicht erweichen lassen und mein Ersuchen um Gnade abgelehnt!

Den triftigen Grund für mein Vergessen auf die Parkscheibe habe ich dem Mann gar nicht erzählt. Wir haben zur Beerdigung nämlich noch eine Nachbarin im Auto mitgenommen und die hat „hinten" sitzen müssen, weil „vorn" meine Frau gesessen ist. Hinten kann man allerdings von innen die Tür nicht öffnen, weil wir gelegentlich Enkelkinder mitnehmen und daher die „Kindersicherung" eingeschaltet ist. Flott bin ich also um den Wagen geschritten und habe der Nachbarin elegant die Tür geöffnet. Wie ein Butler habe ich mich gefühlt, und Irmi hat mich strahlend angelacht!

Schlecht aufgelegt

Vor zwei Jahren bin ich einmal richtig schlecht aufgelegt gewesen. Es hat mir nicht direkt etwas wehgetan, aber gepasst hat mir auch nicht viel. Auch meiner Frau ist es nicht viel besser ergangen. So langsam sind wir dann aber draufgekommen, was uns belastet. Wir haben zu viel ferngeschaut, zu viele schlechte Nachrichten gehört; sie bringen vorwiegend nur schlechte. Dazu noch die Eurokrise, die Finanzkrise, die Wirtschaftskrise, die Kirchenkrise – so etwas bedrückt. Ich habe dann auch noch um unser Geld Sorge gehabt. Schließlich hat man sein Lebtag gespart, sich kaum etwas gegönnt – und dann werfen sie unser schwer verdientes Geld den bankrotten Staaten nach und den Spekulanten in den Rachen.

Fürs erste haben wir beschlossen, keine Nachrichten mehr zu hören, nicht mehr „Zeit im Bild" zu schauen und auch keine Zeitung mehr zu lesen. Und tatsächlich, nach ein paar Wochen hat sich meine Stimmungslage gebessert. In dieser Zeit habe ich nur ein paar kurze, tragische Gedichte zu Papier gebracht, aber sonst nichts Gescheites schreiben können. Einen richtigen seelischen Aufschwung haben wir aber dann erlebt, als uns die zweite, geniale Idee gekommen ist. Wir haben spontan beschlossen, unser Konto und das Sparbuch aufzulösen, das ganze Geld abzuheben und uns dafür etwas Sinnvolles zu kaufen. Das haben wir noch am selben Tag getan. Es sei dies aber nicht zur Nachahmung empfohlen: Sollte dies nämlich nun jeder Leser und jede Leserin tun, wäre das für die Banken problematisch, und die müssen bekanntlich ja auch leben …

Wir haben also unser gesamtes Erspartes abgehoben, sind danach schnurstraks nach Wörgl gefahren und haben uns dafür zwei neue, gute, dicke Matratzen gekauft! Über diesen Kauf könnte ich nun viel schreiben; auch zwei neue Lattenroste hat uns die Verkäuferin empfohlen, die Marke „Sonnschein" habe ich genommen; links und rechts ist bei jedem Lättchen ein kleiner Stoßdämpfer eingebaut, was ich zuerst als puren Luxus abgelehnt habe. Bis mich die Verkäuferin aufgeklärt hat, dass so etwas heutzutage sozusagen Standard ist. Auch das Heimbringen der sperrigen Güter mit unserem Auto ist nicht einfach gewesen; die Inanspruchnahme des angebotenen Leihwagens habe ich aus prinzipiellen Überlegungen abgelehnt. Schlussendlich ist alles in unserem Schlafzimmer angekommen.

Nun geht es mir und uns wieder gut, denn erstens schläft man auf neuen Matratzen sowieso gut, und zweitens – und das ist das Beruhigende – liegen wir jetzt auf unserem Geld! Was ohne Zweifel angenehme Wirkung hat – auf mich und die Meine.

Faszinierend

Lukas steht daneben und schaut hinauf. Sein Instinkt sagt ihm, dass etwas geschehen wird. Schon in den nächsten Sekunden. Freudige Erwartung erfasst ihn, er sieht es bereits kommen. Dann ist es zu sehen, fällt und klatscht auf den Boden. Einige Sekunden lang, dann ist alles vorbei.

Lukas tritt näher und bestaunt das Werk. Es ist rund und dampft ein bisschen. Er getraut sich nicht, es anzufassen. Mit einem Fuß, dem rechten, steigt er vorsichtig drauf – und sieht nun seinen Stiefelabdruck. Fasziniert betrachtet er ihn, dann geht er nach Hause. Das muss er seiner Mama erzählen. Neben ihm grast die Kuh friedlich und zufrieden weiter.

Gipfelrast

Herrlich, einfach wunderbar ist sie, diese Ruhe. Und dazu noch diese Aussicht! Halb Tirol liegt mir zu Füßen. Markant die Innschleife bei Kirchbichl, silbrig glänzt das Wasser in der Sonne. Oder gehört dieses Gebiet schon zu Langkampfen? Das ist letztlich aber vollkommen egal, denn Tirol isch lei oans.

Bad Häring, dank einer Heilquelle Tirols erster Kurort, liegt ganz nah unter mir zwischen Wörgl und Kufstein, auf dem Hochplateau oberhalb des Inntals am Fuß des Pölven.

Warm ist es und windstill. Ich sitze auf der einfachen Bank neben dem Gipfelkreuz und esse den Apfel. Einen Apfel und eine halbgroße Flasche Wasser hab' ich mitgenommen in einer kleinen Umhängetasche – also nicht über die Schulter gehängt, sondern um den Bauch geschnallt. Von daheim bin ich zur Lengauer Kapelle gegangen, habe dann den rechten Weg verlassen und eine steile Abkürzung genommen durch den Wald hinauf zur Felswand. Richtig ins Schwitzen bin ich gekommen.

Ich weiß, ich sollte es – schon meiner Frau, den Kindern und den Enkelkindern zuliebe, nicht tun, aber ich muss ab und zu ein bissl kraxeln!

Von daheim aus schau ich öfters hinüber zum „Großen Pölven" – mit dem Spektiv (das ist ein starres Beobachtungsfernrohr). Dabei habe ich einige Routen ausgemacht, auf denen man nicht nur auf bekannten Steigen, sondern auch über die Felswand hinaufkommen müsste. Steht man dann vor dieser wahrscheinlich hundertfünfzig oder zweihundert Meter hohen Wand, dann schaut alles allerdings wieder ganz anders aus.

Nach längerem Suchen finde ich die Stellen und Einschnitte, wo ich es versuchen will. Auch aufgeben und vorsichtig zurücksteigen hab' ich schon müssen. Die Gefahr, dass ich nicht mehr vor oder zurück kann, ist mir zu groß geworden. Aber ich bin auch schon einmal hinaufgekommen! Im vorigen Jahr und eben heute bin ich auf diesem neuen Klettersteig über die Felswand herauf. „Klettersteig" stimmt nicht ganz, es gibt da eigentlich keinen richtigen Steig, ich hab' die Wand einfach bezwungen. Letzten Herbst, nach dem ersten Heraufsteigen habe ich die Nacht darauf ganz schlecht geschlafen, bin immer wieder munter geworden. Ein einziger Fehlgriff oder falscher Tritt hätte genügt!

Einmal, ich bin schon – allerdings an anderer Stelle – eine gutes Stück in der Wand oben gewesen, ist mir plötzlich ganz anders geworden. Von Kirchbichl oder Wörgl herauf habe ich auf einmal die Kirchenglocken gehört. Die Kirchenglocken nachmittags! Da ist ein Begräbnis im Gange. Einen Moment lang ist mir ein leichter Schauer über den Rücken gelaufen, und meine Hände haben leicht gezittert. Eine Zeit lang hab' ich mich nicht gerührt und dann ganz vorsichtig begonnen zurückzusteigen. Eine kurze Weile lang hat mich das beklemmende Gefühl erfasst, die Glocken würden für mich läuten.

Ein laues Lüftchen weht, eine Wolke stellt sich langsam vor die Sonne. Auch gut, ein bisschen Schatten ist recht angenehm. Friede liegt in der Luft …

Riesige Klüfte, manche kaum einen Meter breit, aber zehn oder fünfzehn Meter tief, findet man auf dem Pölven. Drüber gesprungen bin ich – gut, dass meine Frau das nicht weiß. Auf diesem Gebiet ist sie recht ängstlich. Immer wieder neue Risse entdecke ich. An manchen kann man hinunterklettern in die Kühle, die der dort liegende Schnee verbreitet und die einen gleich umfängt, sodass man gern wieder nach oben klettert.

Um den Pölven herum liegen mehrere Gemeinden: Söll, Bad Häring, Schwoich. Von Itter, wo ich daheim bin, sieht man ihn nur, aber er gehört uns nicht. Nicht einmal ein bisschen. Drei Kreuze stehen oben; wahrscheinlich für jede Gemeinde eins. Das Kreuz auf dem „Kleinen Pölven" ist ziemlich neu. Der „Kleine Pölven" ist kein separater Berg, er hängt am „Großen Pölven" dran und zieht sich Richtung Wien. Oben, möchte man aus der Ferne meinen, wäre der Pölven eben, und es gehe hinten gleich wieder hinunter. Das täuscht gewaltig. Mehr als eine Woche würde ich brauchen, um diese hügelige Landschaft ganz zu erkunden. Und ich würde mich dabei gleichzeitig in große Gefahr begeben. Auf allen Seiten geht es zuletzt bedrohlich bergab. Und diese Risse! Auch sich verlaufen, „aus der Richtung kommen", wäre leicht möglich. Fünf Gämsen hab' ich getroffen beim Heraufsteigen. Wir haben uns kurz beäugt, danach ist jeder wieder seines Weges gegangen.

Chaos und Skandale herrschen bei uns, ist uns in den letzten Wochen eingetrichtert worden. Alles muss – und wird sich ändern. Am kommenden Sonntag wird der Landtag in Tirol neu gewählt! Gäbe es nicht Radio, Fernsehen, Zeitungen, ich hätte das ganze Chaos gar nicht bemerkt.

Hinunter werde ich jetzt den „Lengauer Steig" nehmen und danach einfach heimgehen. Von der Kufsteiner Seite aus gesehen gleichen die Umrisse des Großen und Kleinen Pölven einem Elefanten. Diese Betrachter sehen auch ihre Seite als die vordere des Pölven. Von uns aus gesehen, leben die aber hinter dem Berg. Jetzt sitze ich immer noch da. Das Gipfelbuch werde ich noch ein bisschen „studieren". Der Pölven – das ist uns als Kindern schon gesagt worden – brennt in seinem Inneren. Aber der Stollen ist dann zugemauert worden …

Herrgott, ich danke dir für den Berg, die Sonne, die Ruhe und die gute Zeit.

Itter liegt weit verstreut, an Inntal und Sölllandl angrenzend, am Eingang des Brixentals auf einer natürlichen Anhöhe. Als Kirchdörfl und Itterdörfl erstreckt es sich bis in die sonnige Tiefebene zu „Nasen" und umfasst neben den Weilern „Gries", „Mühltal", „Schwendt", „Laiming", „Lindenboden" auch den „Barmerberg" und den „Bruggberg", wo das Leben steiler und einsamer wird.

Der Ortskern besteht aus Kirche, Pfarrhof, dem alten Schulhaus und dem Schloss auf der südwestlichen sowie dem Gemeindehaus, neuen Schulhaus, einem Bauern- und einem Wirtshaus auf der anderen Seite. Zwei Kastanienbäume und ein modernes Haus vervollständigen das Ganze.

Itterer – auch die Frauen – sind in der Regel friedliebende Menschen, Neuem nicht gänzlich verschlossen, hilfsbereit; sie weisen jedem, wenn sie gefragt und nicht gereizt werden, den richtigen Weg.

Itter bietet Platz, Wohnung und Heimat für tausenddreihundert und einige Leute; auch viele Rindviecher werden gehalten.

Itter ist mit dem Auto auf zwei (fast drei) Straßen von Hopfgarten, Wörgl und Söll her zu erreichen. Mit dem Fahrrad oder zu Fuß rundherum und jederzeit.

Auch die Eisenbahn fährt durch das Gemeindegebiet von Itter; jedoch ladet kein Bahnhof einen Zug zum Stehenbleiben ein.

Bauern überleben gewöhnlich durch Arbeiten in Stall, Feld und Wald, andere vollführen Tätigkeiten verschiedenster Art.

Im Sommer kommen oft Gäste und Gewitter. Das ist aber wichtig, weil sonst Gras und Häuser langsamer wachsen würden. Im Winter fällt immer wieder normaler und gemachter Schnee, der den Gästen, Liften und Einheimischen meistens sehr gut tut.

In der Gemeindepolitik sitzen dreizehn Männer und Frauen, die sich um das Wohl der Gemeinde und ihrer Familien kümmern, zeitweise müssen sie auch arbeiten.

Grabrede

Lieber Gustav!

Als wir vor einigen Tagen die schmerzliche Nachricht erhalten haben, dass du … dass dich der Herrgott ganz unerwartet im achtundneunzigsten Lebensjahr aus unserer Mitte gerissen hat, hat uns das alle mit tiefer Trauer erfüllt. Wenn du auch schon reich an Jahren gewesen bist, du wirst uns schmerzlich fehlen – wie oft hast du uns durch dein tatkräftiges Handeln herausgerissen: bei der Feuerwehr, beim Fleckviehzuchtverein, im Sennereivorstand und beim Kirchenchor.

In unzähligen Sitzungen hast du versucht, der Feuerwehr ein neues Dach zu geben, die Sennerei im Dorf zu behalten und die Meinungsverschiedenheiten beim Kirchenchor zu schlichten. Wie oft haben sich unsere Köpfe in der Kirche nach hinten und unsere Augen und Ohren nach oben gedreht, wenn du deine Stimme durch das Kirchenschiff geschmettert hast! Dass du gelegentlich eine Oktav daneben gelegen bist, haben dir alle gern verziehen.

Du hast auch viel mitgemacht in den Kriegsjahren und hast dafür große und seltene Auszeichnungen bekommen, für deinen heldenhaften Einsatz für das Vaterland.

Später hast du deine Frau Genoveva kennengelernt, die dir sieben Kinder geschenkt hat.

Lieber Gustav! Deine schönen Kühe sind berühmt gewesen und du genauso ein Vorbild für alle. Dein ausgeprägter Familiensinn ist sprichwörtlich gewesen. Ich erinnere mich noch gut, wie du mir letzten Herbst zufrieden erzählt hast, dass du nun auch für deinen Jüngsten einen guten Platz im Altersheim bekommen hast. Es wird Schicksal gewesen sein, dass deine Zeit genau in dem Moment abgelaufen ist, als du hoch auf der Leiter oben beim Äpfel pflücken gewesen bist.

Lieber Gustav! Wir werden dich nie vergessen und danken dir am offenen Grabe noch einmal für alles, was du für uns und unsere Gemeinde getan hast.

Lebe wohl, bis wir uns wiedersehen vor dem Herrn!

Frühe Entscheidung

Nachdem wir mit dem Auto ein Stück gefahren sind und es dann am Wegrand abgestellt und versperrt haben, brechen wir nun zu einem Spaziergang auf. Nach zwei sanften Kurven und einer langgezogenen Geraden kommt ein Steinmetzbetrieb in unser Blickfeld, und weil das Tor offen steht, erlauben wir unseren Füßen, uns ins Innere der Außenanlage zu tragen, wo wir die Skulpturen und Grabsteine bewundern. Ein bräunlicher Stein mit einer eingravierten Sonne rechts oben könnte mir schon gefallen, er wirkt warm und gütig auf mich. Meine Frau bevorzugt einen geschliffenen, grauen Stein. Beim Weitergehen müssen wir dann beide lachen – einen Grabstein werden wir hoffentlich erst in zwanzig Jahren brauchen!

Guten Morgen!

Gut, einfach gut schmeckt das frischgebackene Brot und die Moosbeermarmelade drauf. Beides hat mir gestern meine Frau gebracht. Die Butter dazwischen erzeuge ich selber.

Kaffee, ich brauch' nur die rechte Hand auszustrecken, nicht einmal aufzustehen, schon fasse ich die Kaffeekanne auf dem Herd und schenke mir nach. Oha, knapp vor halb acht.

Das Radio, ein Knopfdruck genügt. Um halb acht beim Frühstück höre ich immer „Tirol aktuell". Davor hab' ich schon fast zwei Stunden gearbeitet. Bei den Kühen, Kälbern, Sauen und Geißen. Alle wollen gemolken, gefüttert und gepflegt werden. Erleichtert bin ich, dass das eine Kalb wieder frisst. Zwei Tage hat es keinen Hunger gezeigt. Die Nachrichten: ein Feuer, ein Unfall ... na ja, eigentlich sind es fast immer Negativmeldungen.

Dann wieder der Knopfdruck, und es herrscht Ruhe. Das Wetter spare ich mir manchmal, das sehe ich selber. Ich liebe die Ruhe. Es muss nicht ununterbrochen Ruhe sein, aber hin und wieder schon – für Minuten, Stunden oder auch Tage. Kuhglocken oder das Plätschern des Wassers stören nicht, das gehört zum Almleben.

Die Arbeit im Spätsommer ist nun eine andere. Das Kasen ist eingestellt, dafür werden Brennholz und Zaunpflöcke für's nächste Jahr „gerichtet".

Stau. Von Stau auf Straßen wird im Radio oft berichtet. Stau berührt mich nicht, ich hab' kein Auto heroben auf der Alm. Ich brauch' auch keines. Wenn einmal das Gegenteil der Fall ist und ich ein Auto benötige – in jedem Sommer passiert das drei oder vier Mal –, dann kommt meine Frau, vertritt mich auf der Alm und leiht mir mein Auto. Wenn die Urlauber, die alle nach Süden oder wieder heimzu drängen, wüssten, wie erholsam und schön es in den Tiroler Bergen ist!

Jetzt muss ich wieder etwas arbeiten, manchmal komme ich einfach ins Sinnieren und ins Schwärmen über das Land und das Leben, das wir in ihm führen dürfen.

Das Brennholz hinter der Hütte hat mich einiges an Schweiß gekostet, bis es gerichtet war. Ich werde heute weiteres Holz aufhacken und stapeln. Und am Abend, da gehe ich wieder Hirsche und Gämsen schauen. Und morgen kommen die Kartenspieler …

Eine Scheibe Brot drängt es mich noch zu essen. Diese herrliche Marmelade! Die ist schon von den heurigen Moosbeeren. Meine Frau ist – wie immer – fleißig gewesen. Vielleicht werde ich sie dafür einmal loben. Ich sollte es eigentlich längst wieder einmal tun.

Das Holz staple ich jedenfalls selber. Fernseher habe und brauche ich keinen. Ein Radio allerdings schon. Ich will wissen, was sich tut auf der Welt. Zeitungen bringen sie mir auch manchmal herauf. Dass ich dadurch Neuigkeiten erst Tage später erfahre, stört mich nicht. Zeit ist hier heroben nicht so wichtig, sie ist einfach da. Ich würde sogar ohne Uhr gut überleben. Wanderer, mit denen ich gelegentlich ins Gespräch komme, beneiden mich manchmal um meine Zeit. Zwischen elf und zwölf kommen sie heutzutage herauf, sagen „Guten Morgen" und wischen sich den Schweiß von der Stirn. Es verschiebt sich alles ein bisschen, auch die Wertigkeit. Dass es die Klogebühren an den Autobahnen bis in die Weltnachrichten geschafft haben, macht mich staunen. Dass die Amerikaner ein Fahrzeug auf den Mars gesetzt haben, das interessiert auch einen Tiroler Bauern wie mich. Eines gibt mir manchmal zu denken: Zeigen die Rating-Agenturen nur schonungslos die Fehler der großen Banker, Manager und Politiker auf oder wollen sie Europa gezielt zertreten?

Aha, schon zehn vor acht. Es läuft mir aber nichts davon. Der letzte Schluck Kaffee ist nur mehr lauwarm, selber bin ich schuld. Warm scheint die Sonne zur Hüttentür herein.

Freude erfasst mich und – soeben in dieser Sekunde – fällt mir ein, was ich mir heute zu Mittag mache: „Tortellini in Zwiebelrahmsauce"!

Eindrücke eins Altbauern

28. Jänner, also Winter. Es gibt wieder was zu erzählen. Von den Eindrücken eines Altbauern, der wegen einer Krampfadernoperation fast vier Tage im Spital verbracht hat.

Er berichtet:

Ein Spital wirkt innen ganz anders als von außen. Schon beim Eingang, der zugleich auch Ausgang ist, weht dir ein warmer Wind entgegen. Der neue Eingangsbereich ist etwas weitläufig geraten, aber das ist heutzutage modern. Eigentlich ist es dem Hausarzt seine Idee gewesen, dass ich überhaupt hier bin. Er sagt, wenn ich nichts tu', könnte mir später ein Schaden bleiben.

Alle Patienten müssen sich zuerst anmelden und danach warten, bis sie aufgerufen werden, um bis auf die Knochen durchleuchtet zu werden.

Nach meinem ersten Ausgang auf den großen Flur habe ich nach meiner Zimmernummer fragen müssen. Der Ausstattung nach hätte jedes Zimmer das meine sein können, nur die Patienten, die schon drinnen waren, haben alle erstaunt geschaut.

Vor einer Operation wirst du mindestens drei Mal gefragt – nach dem Namen, der Adresse, dem Geburtsdatum, dem Familienstand, der Religion und so weiter ... Man bekommt dadurch das Gefühl, in einem ganz exklusiven Club aufgenommen zu werden.

Von meinem Bett aus – das eigentlich dem Spital gehört – sehe ich durch das Fenster die große Bahnhofsuhr, und somit weiß ich auch die Zeit. Dadurch kann ich meine Uhr im Nachtkästchen schonen.

Jeden Tag werden die Räume und Patienten von Krankenschwestern gut gepflegt und gelüftet und danach von den Ärzten genau visitiert.

Die Nachtschwestern schweben im Halbdunkeln lautlos durch den Raum, um die Patienten nicht zu erschrecken. Wenn man Linderung braucht, treten sie aus dem Schatten. Bei schweren Fällen sind sie nicht zu beneiden.

Der Operationssaal ist derzeit gut ausgelastet. Schifahrer fahren oder fliegen von weit her, um hier zu landen. In meinem Zimmer liegen derzeit ein Deutscher und ein Niederösterreicher; es hätten aber auch ein Italiener und ein Vorarlberger oder ein Holländer und ein Steirer sein können. Der derzeit vorhandene Deutsche und der Niederösterreicher verhalten sich aber unauffällig.

Die Operationsspezialisten unter den Ärzten verkleiden sich, bevor sie dich aufschneiden, wo sie es für nötig halten. Daraufhin entnehmen sie dir Gewebe, Gedärme, Venen, Knochen und auch anderes, was dich ausmacht. Einiges wird an anderer Stelle wieder eingesetzt, das meiste ist allerdings unbrauchbar. Erst Tage oder Wochen danach spürt man die Erleichterung.

Im Spital essen wir eine Stunde früher als daheim. Normalerweise würde ich um diese Zeit „Scheck" oder „Silber" melken. Um diese Stunde verlängert sich der Abend, den wir dann aber kaum nützen können.

Einen Stock über uns werden ständig Kinder geboren. Das muss für alle Beteiligten eine sehr schwere, aber auch schöne Aufgabe sein.

Oben gibt es auch eine schöne Kapelle. Ich habe das linke Bein auf einen Stuhl gelegt und mich eine Viertelstunde allein mit Gott unterhalten.

Pflegerinnen, Schwestern, Ärztinnen – alle sind sie verschieden gebaut. Allein ihre Erscheinung kann einen labilen Patienten aus der Bahn werfen und in ein seelisches Chaos stürzen. Pfleger und Ärzte werden beim weiblichen Geschlecht ihre Wirkung entfalten. Ein bisschen vielleicht auch die Medizin.

Das Café im Spital floriert ganz gut. Der Hauptgrund dafür ist, dass es im ganzen Spital keinen Kaffee gibt, den man loben kann.

Gestern haben wir im Fernseher Schirennen geschaut, dann sind aber unsere Frauen gekommen und haben uns mit Schokolade und Kuchen abgelenkt.

Die meisten Patienten fahren selbst mit dem Auto ins Spital. Heimzu müssen sie meistens von Verwandten geliefert werden. Erst allmählich erholen sie sich dann vom Spital und erblühen zu neuer Stärke.

Die Schranke für die Tiefgarage funktioniert nicht immer. Dadurch kommen Autofahrer immer wieder ungeschoren davon und wundern sich dann, wenn ein Spital Defizit macht.

Noch, glaube ich, haben die Ärzte alles im Griff, Ärztinnen sind aber auf dem Vormarsch.

In einem Spital finden sehr viele Leute eine gut bezahlte Beschäftigung, die sie den Kranken und Verletzten verdanken. Letztere verdanken den Beschäftigten ihre Heilung und Genesung und machen dadurch wieder Platz für andere. Und das Ganze beginnt von vorne!

Propheten

Wetterpropheten und Meinungsforscher haben Narrenfreiheit ohne Ende. Vor langen Wochenenden und Wahlen sind sie und ihre Prognosen besonders gefragt. Sie fantasieren dann ungeniert vor sich hin, erzählen dieses und jenes und baden genüsslich in ihrer Berühmtheit. Gelegentlich stimmen die Aussagen, oft aber auch nicht.

Erzähl du als einfacher Mensch die Unwahrheit oder stell falsche Prognosen; wenn's ganz blöd hergeht, endest du schlimmstenfalls im Kerker – keine besonders günstigen Aussichten also.

Heimliche Macht

Arme Teufel sind sie schon, die Sprecherinnen und Sprecher des Wetterberichts im Radio. Sie berichten nur über das herrschende und wahrscheinlich kommende Wetter.

Die Sprecherinnen und Sprecher der Landesnachrichten zu jeder halben Stunde haben es da schon deutlich besser; sie dürfen des öfteren über Mord und Raubmord (zumindest über Versuche), Überfälle auf Banken, Tankstellen und Tabaktrafiken, Einbrüche in Einkaufszentren und Privathaushalte und sexuelle Belästigungen oder aus dem Gerichtssaal über entsprechende Prozesse berichten, sie dürfen über Unfälle aller Art erzählen und vieles andere mehr. Und passiert derlei einmal nicht, dann wird einfach berichtet, was es eben zu berichten gibt.

Um das unauffällige Sprecherinnen- und Sprecherdasein der Wetterberichte und Wettervorhersagen ein wenig aufzumöbeln, wird zunehmend versucht, diese zu dramatisieren:

Ist eine Schlechtwetterfront im Anmarsch, wird vor Unwetter, Starkregen und Hagelschlag gewarnt. Wir aber wissen: Bei uns hagelt es durchschnittlich jeden zweiten Sommer einmal, und Gewitter ziehen jeden Sommer an die fünfzig durch unsere Region!

Ich habe gehört, dass sich Berggasthofbetreiber und Hüttenwirte oft wundern, dass bei schönem Wetter weniger Wanderer unterwegs sind. Das kommt daher, dass die Leute in der Früh Radio gehört haben! So gesehen, erlangen die Sprecherinnnen und Sprecher des Wetterberichts langsam also doch Macht.

Warum?

Opa, warum ist der große Baum nicht mehr da?
Weil wir ihn umgeschnitten haben.
Warum?
Weil wir für die Almfläche, wo diese großen Bäume stehen, weniger Förderung bekommen.

Opa, warum sind da drüben die Almrosen nicht mehr da?
Weil sie der Bagger ausgegraben hat.
Warum?
Weil wir für die Almfläche, wo die Almrosen wachsen, weniger Förderung bekommen.

Opa, warum sind da oben die Moosbeer- und Preiselbeersträucher nicht mehr da?
Weil wir sie vernichtet haben.
Warum?
Weil wir für die Almfläche, wo die Sträucher und Stauden wachsen, weniger Förderung bekommen.

Opa, dann ist das ja gar keine richtige Alm mehr, wenn keine Almrosen blühen, keine Kühe mehr im Schatten liegen und wir keine gute Marmelade mehr bekommen!
Das, Jakob, glauben vielleicht wir zwei. Was heutzutage zählt, das ist die Futterfläche. Unsere Vertreter und g'scheite Leute, die studiert haben, haben die Kriterien erarbeitet und festgelegt.

Opa, ich will nie studieren!

Makabrer poetischer Nachschlag

Komm, Gerda, geh'n wir wandern
wie all die tausend andern!
        Nein, Hans-Dieter, geh Du allein,
        ich bleib' heute lieber daheim!
Hans-Dieter ist nie mehr gekommen –
drum hat sich Gerda den Schorschi genommen.

•

Ein Schöner meinte, er sei gescheit.
Doch nur sein Mund, der war recht breit,
das Hirn hingegen schmal geraten.
Ich hab's ihm aber nicht verraten.

•

Er schaute gerne in die Luft,
übersah dabei dann eine Kluft,
fiel tief hinab in ebendiese.
Um ihn trauert nun Elise.

•

Die Stubenuhr schlägt zehn,
doch es ist erst acht!
Es wird noch was gescheh'n,
hat er ahnungsvoll gedacht!

Plötzlich steht die Frau, die seine –
in der Früh ist sie verreist –
in der Tür, so ganz alleine.
„Der Zug", sagt sie, „der ist entgleist."

Er hatte es bereits vernommen:
Kein Einziger hat überlebt!
Im Rundfunk ist es auch gekommen:
Die Leichenhallen sind belegt!

„Also komm", sagt er zu ihr,
„legen wir uns nieder!"
Auf dem Tisch steht noch sein Bier.
Zu früh, da feiert er nie wieder!

•

Der Totengräber machte Pause
und gönnte sich ein Eis.
Er aß es statt der Jause.
Da wurde ihm ganz heiß;
es erfasste ihn ein Schauer,
ein Schwindel folgte hinterher.

Liegend fand ihn auf ein Bauer.
Doch er schnaufte schon nicht mehr.

•

Ein Postbus fuhr auf dieser Straße,
daneben – auf Schienen – die Bahn.
Beides wollt' überqueren ein Hase,
der froh des Weges kam.

Der Bus streift' ihn auf der Seite,
sodass er's Gleichgewicht verlor.
Er wollte suchen noch das Weite –
der Zug zermalmte ihn davor.

Die Fahrgäste im Bus – deren drei –,
im Zug, da waren es sieben,
fühlten von Schuld sich frei,
sind einfach sitzen geblieben.

Weder Bus noch Bahn blieb stehen,
alles fuhr weiter nach Plan.
Man muss das aber auch verstehen:
Unter die Räder ja nur ein Hase kam.

•

Versöhnlicher Abschluss

Mädchen sind wie die Blumen im Feld:
Sie machen bunt und schön unsre Welt!